重力を超えて光の中へ

―幸福論―

宮下 裕司

表紙絵　宮下　裕司

目次

第一章　重力を超えて光の中へ――幸福論

欲望のコントロール

自分の心の中を調べてみると、観念や欲望があることがわかる。欲望というものは、仏教の大きなテーマである。

私の心の中には、魂の渇望のようなものがある。望んでいるものは、心の平安と高い幸福である。仏教は、快楽や名声欲や権力欲や金銭欲に対しては否定的である。こういったものは一時的に心を満たすものの、結局は失われてしまうはかないものである。私自身は聖人君子であるはずもなく、こういった欲望も心ゆくまで満たしたいとは思う。

だが名声や地位や財産よりも重要なものは幸福である。しかし幸福なんてどうやって手に入れたらいいのだろう。私は幸福をあきらめてタバコを吸う。

仏教の世界観では、より高次のより幸福な世界ほど、欲望が希薄になっていく。仏教の考え方では欲望それ自体には、善も悪もない。だが過度の欲望は、悪を造るだろう。欲望のコントロールが肝心なのである。

楽しいことと面白いことと

人生には楽しいことや面白いことはあまりないなあ、という感想を私はもっている。だが子供の頃、特に小学生の頃は、毎日が楽しく面白かったような気がする。まだこの現実の世界に慣れていなくて、何もかも新鮮に感じられたためかもしれない。多分嫌なこともたくさんあったのだろうが、そういうことはあまり覚えていない。小学生の頃は、本を読むのが楽しかった。SFやミステリが好きだった。

現在は大人だが、この年（五十歳）になると、人生というものは本当に平凡で退屈なような気がする。それでも私はまだかなり恵まれているのである。本当につまらない仕事を、長時間しなくてもすむのだから。現在でも本を読むのは、結構楽しみである。その他に将棋を指すのもまあまあ面白い。

だが本当に面白いことはないと思う。だが特に辛いこともないから、まあまあ幸せなのだろう。

ショーペンハウアーは、幸福というものは消極的なもので、特に辛いことがないのが一番幸せなのだという考え方だが、私は楽しいことや面白いことといった積極的な幸福もあり得ると思っている。だが現実には積極的な幸福は、なかなか手に入らない。私の場合は、せいぜい酒やタバコで満足するしかなさそうである。

心の苦しみについて

苦しみとは一体何なのだろう。肉体的な苦痛は、性質が明白だが、心理的な苦しみは、性質も原因もよくわからないところがある。人間の生活は、まるで苦しみがベースになっているかのようだ。苦しみのない人生など想像もできない。

主要な苦しみは、心理的なものである。人間は誰でも幸福になりたがるから、苦しみをなくす方法があったら知りたいと思うだろう。心について知ることが肝心である。だが心理学書を隅から隅まで読んでも、心理的な苦しみをなくす方法は書いてないだろう。ヒントは仏典にある。

私個人は統合失調症なので、病気の苦しみがある。精神病の苦しみは、心理的なものがほとんどである。心の性質と機能について、深く知ることができれば、あるいは苦しみを棄てることができるかもしれない。苦しみを棄てれば、本当の幸福が得られるだろう。

自分の心を見つめてみれば、そこに漠然とした苦しみがあることがわかる。これは何か。人間が誰でももっている根本的な欲求不満のようなものか。

求めているものは何か

私の生活には何かが欠けている。生活費は十分にあり、面白い本もたくさんもっているのだが、何かが足りない。

これは誰でももっている思いだろうか。何か承認の欲求みたいなものか。私の心の深みでは、何か根本的な欲望みたいなものが、満足を求めているのである。食欲や性欲や睡眠欲を満たしても、それだけで人間が満足するわけではない。その上に名声欲や権力欲や財産欲などがある。その上にさらに根本的な欲望があるような気がする。

ブッダも王子として生まれて、あらゆる欲望を満たす生活を送っていたわけだが、それでも満足できなかった。問題は宗教的な次元にあるのかもしれない。宗教書を読む際に、その宗教書の内容と、自分自身の実感を結びつけるのは、結構難しいような気がする。ブッダやクリシュナムルティの本を読んでも、それだけで簡単に幸福になれるわけではない。宗教書を読んで、幸福になるための手段が書いてあると思っても、自分自身の根本的な欲求を満たすのは難しいのである。

M・Yの人生の一節

M・Yは法政大学の文学部英文科出身だった。M・Yはロマンティストだった。文学や哲学が好きだった。観念の世界は魅力的だった。

M・Yの性格はサラリーマンには向いていなかった。M・Yは大学四年のときに、就職活動をしようとせず、大学院へ進学しようと思った。文学部の哲学科を志望した。大学院の試験は、筆記は通ったが、面接で落ちた。多分研究計画について深く考えていなかったことが落ちた理由だったのだろう。

M・Yはその後半年くらいブラブラしていたが、半年後にアルバイトを始めた。インテリア会社の倉庫の仕事だった。一日五時間ぐらい仕事をして、週五日間働いた。Ｍ・Ｙにとって仕事は苦痛だった。

半年後にはそこを辞めて、Ｍ・Ｙはコンピュータ技師になろうと思った。そのためにコンピュータの専門学校に通うことに決めた。親に百万円出してもらって、Ｍ・Ｙは二十七歳で再び学生になった。コンピュータの勉強は面白かったが、機械にはうまくなじめなかった。Ｍ・Ｙは一年後、コンピュータ会社に就職した。競馬場の端末を設計する仕事だった。富士通の系列の会社だった。

ＳＦ論

グレッグ・イーガンの「ディアスポラ」を読了した。ガチガチコテコテのハードＳＦである。これほど固いＳＦも珍しいのではないか。レムだってクラークだって物理学や数学の話が生でてでてくることはない。六次元や七次元といった物理学用語がたくさんでてくる、本格的なハードSFである。こういった作品がSFのコアなのだろう。

初期のSFは、他愛のないスペースオペラが中心だった。だがアシモフやクラークやハインラインの登場で、骨組みのがっしりした本格的なハードSFが書かれるようになった。スペースオペラも進化を遂げ、読むに堪えるような面白いスペースオペラが書かれるようになった。ペダントリイを楽しむならハードSFであり、物語を楽しむならスペースオペラだろう。

スペースオペラの最高傑作は、ダン・シモンズの「ハイペリオン」シリーズだろう。ニューウェイヴは、SFの可能性を外宇宙より内宇宙に求めることを主張した。その中でもバラードは秀《すぐ》れたSF作家である。ニューウェイヴがSFにもたらした恩恵は、文章の洗練だろう。ニューウェイヴの影響を受けたディレイニーやゼラズニイは、すばらしい文章を書くSF作家である。

労働論

1　労働の本質とは何だろうか。ユダヤ教やキリスト教の考えでは、労働は神の人間に対する刑罰である。

2　労働は、聖と俗に分けたら俗である。

3　最近、共同作業所で、主に箱折りをやっているのだが、箱折りのスピードと、箱の完成度は、反比例するようである。

4　仕事をしているときに、心理的時間と客観的時間は違うことに気がついた。休憩に入る前の五分間は、一時間くらいに思えたが、休憩に入った後の五分間は、一分くらいに思えた。

5　私は、労働することによって社会的意味を追求するよりも、勉強することによって個人的意味を追求したいような気がする。

6　労働は、多少精神的に負担ではあるが、社会と接触しているという感触は貴重なものであり、生活しているという実感を感じる。

科学の知は最も普遍的であるか

科学は、本当に最も普遍的で、客観的な知なのか。科学の認識に限界はないのか。古代や中世の学問の知は、大半がナンセンスなのか。錬金術や魔術や占星術は単なる迷信なのか。

ＳＦ作家のレムは、「ソラリスの陽のもとに」で、科学的認識の限界を考えている。ソラリスの「海」は、いかなる科学的アプローチをしても謎のままでである。ソクラテスは無知の知を説いた。現代人は、古代や中世の人間よりも、賢くなったわけでもあるまい。

だが科学によって明らかになったことも相当たくさんある。科学の発達は無駄ではなかったと思う。それはそうなのだが、科学の世界像が唯一客観的で普遍的であると主張されると、納得できないのである。

何が真理であるのかは、哲学の大問題である。デカルトやフッサールのように、疑い得るものはすべて疑い、唯一絶対確実な自分の意識から、確実なものを探究していく方法が、納得のいく探究方法であると思える。この哲学的な探究方法は、科学的世界像を相対化するものである。

宗教について

１　究極のところ、人間は助かるのだろうか、それとも助からないのだろうか。人類の過去の歴史を見ると、長い宗教の歴史がある。その中でも浄土真宗やキリスト教などを見ると、多くの人が自分が助かるかどうかに、大きな関心を払っていたように思える。理性で証明できないからこそ、信仰が必要なのだろう。

2 残された時間の間に、宗教的、哲学的探究が実を結んで、メタフィジカルな幸福を手に入れることができたらすごくいいと思う。

3 ニルヴァーナという概念に感じられる、究極の平安、究極の眠りといったイメージに、心をひきつけられる。

4 救済はあり得ないのか。苦悩は運命なのか。苦悩が人間をきたえるなどということがあるのだろうか。

5 仕事をサボってラマナ・マハルシの本を読む。結構至福のときである。

しかし宗教書を読むことで、究極の至福が得られるものだろうか。

6　ラマナ・マハルシの本でも感じたが、やはり宗教の目的は、人間の幸福なのだろう。

7　調和の感覚。人生に対して調和の感覚をもつためには、やはり神が必要なのである。

8　究極的に人生の意味と価値を保証しているのは神だろうけれど、その場合、努力の価値はどうなるのだろう。

9　年をとったら、神仏にゲタを預けるしかないのではないか。

10　生きるというのはどういうことかと考えるとき、シュタイナーの、人間の死はサナギがチョウになるようなものだという言葉が思い浮かんでくる。ニーチェならこんな考えは馬鹿にするだろうが、死んだ後に本当の生が始まるような気がする。死んだ後に本当の幸せが待っているのではないか。

11　クリスチャンや創価学会の会員のように、絶対的真理があると信じている人たちは、かなり自我が安定するのではないか。

12　宗教の究極的な目的は、真理と幸福である。知的価値と感情的価値を、同時に達成するのが目的なのである。

13　人生なんて、本当の生の予行演習ではないのか。

14　宗教・哲学を極めるためには、心というものを深く知らなければならない。

15　宗教、神秘思想を極めるためには、書物だけでは限界がある。

16　さまざまな宗教、思想の中で、どれが正しいのか。

17　真理と幸福が宗教の目的である。哲学もそれに近い。真理がわかれば、幸福になれるのである。クリシュナムルティは、真理があるところにのみ、幸福があると言っている。

18　宗教というものは、人間の根っこのようなものではないか。

19　死の壁を乗り越えなくては、どれだけ社会が進歩し、どれだけ理想状態になっても、希望はもてないように思える。

20　書物をいくら読んでも、それだけでは宗教的な真理と幸福に到達することは難しいだろう。肝心なのは修行である。とはいえシュタイナーは、精神科学の本は読むだけでも価値があると言っている。

苦悩について

1　今日は不快な気分を感じている。うつ的な気分である。この苦しみは、夏の暑さや冬の寒さよりもひどい。もちろん私だけが苦しんでいるのではない。労働者だって苦しんでいるだろう。生きることは責苦のように感じられる。

ニーチェは、人間は最も苦しむ動物であると言った。このどうしようもない苦しみが、人間に幸せの夢を追わせるのだろう。私の苦しみは、統合失調症の病苦からきている。

2　労働の苦しみには社会的な意味があるが、うつの苦しみにはそれがない。だが個人的な意味ならあるかもしれない。

３　苦しみの意味とか、苦しみがあるから快楽があるとか考えずに、苦しみも快楽もともに捨て去るのが、仏教の知恵なのだろう。

４　辛いときには何もできない。ひたすら休養して回復を待つのみである。

５　精神状態が悪いときには、前向きな思考はできない。

６　人生は苦しみに満ちていて、砂漠のようなものである。その中で愛情を実感するときが、オアシスにたどりついたときなのである。

７　苦しみをいつも感じていると、生存とは何かの罰ではないかと思えてくる。

8　精神的な苦しみがあるのは確かである。誰にもわかってもらえないような、誰も気にもとめないような苦しみがある。

9　精神病の苦悩も、シュタイナーのカルマ論から見れば、何か意味があるのだろう。

10　私はアルコールとタバコで、根本的な欲求不満を、絶えずごまかしているような気がする。

11　体調不良のときは、じっとしていても苦しいものである。

12　苦痛の意味はカルマの浄化であるというシュタイナーの説は、少しだけ慰めになる。

13　苦しみのあるところには、慈悲が必要である。人間は誰でも幸せに生きたいのだから。

14　今日の私の心には苦悩がある。ひどいうつ状態である。心の苦しみを何とかしようとして、酒も飲んだしパチンコ店にも行ってみた。アルコールやギャンブルは、一時的には気晴らしになった。だが問題が根本的に解決しているわけではないので、結局、もとの苦しい状態に戻った。熱い風呂にでも、入ってみようと思う。私にとっては、感情的なことが最も重要である。苦も楽も感情で感じるものであり、幸福も感情の問題である。だがこの苦しみの原因は何なのか。酒を飲みすぎるせいだろうか。難しい本を根を詰めて読んだせいか。苦しみの原因を分析しても、楽にはなれないかもしれない。

幸福論A

1　私には、苦しみをすべて取り除いた理想的な精神状態を求める傾向がある。一種の完全主義である。

2　苦しいことがあれば早く楽になりたいと思い、楽になったらなったでもっといいことや面白いことがないかと思う。まったく人間の欲望にはきりがない。

3　睡眠によってうつ状態から脱けたが、心の平安こそ本当の幸福だと思う。

4　コリン・ウィルソンが生涯を通して探究したものは、積極的な幸福だろう。アルコールを飲むと、積極的幸福に近いものが感じられる。

5　人間は誰でも、不快感を大問題として考えるのではないか。

6　苦悩は人間の条件なのだろう。究極の幸福（至福）などという考えは、おそらく甘すぎる夢想なのだ。そうは思っても、やはり私は幸福が欲しい。知恵があれば何とかなるのではないかとも思う。

7　二十年間幸福になる方法について考えたが、よくわからない。名声・地位・財産によることなく、意識の変革によって、今ここで幸福になる方法があるのではないかと思ったのだが。

8　人間の活動は、基本的には幸福を目的にしているのだが、それだけではなく価値の創造という目的もあるのではないか。労働というものは、基本的には苦だが、労働の目的は、単に生存を維持するだけではなくて、何らかの価値を創造するという面もあるだろう。人間のもつ文化は、達成された価値の総体である。

9　人間はわずかな苦でも避けるのだから、やはり幸福は大問題である。

10　単調な仕事に耐えているときは、確実に幸福ではないのだが、休み時間が甘美になるとか、達成感があるといった見返りはある。

11　平凡な幸福なら、私にも十分あるだろう。あるいは人並みの幸福と呼んでもいい。だが、本当の幸福とは何なのか。それは欲望の対象なのか。感覚的快楽は欲望の対象であり、真の幸福ではない。欲望の対象はすべて快楽であり、幸福は欲望を超えた境地にある。

12　幸福とは現実的なもので、何か生における実感のようなものではないか。

13　人生を楽しむという感覚は、すごく大切なものである。

14　人間は、あるいは幸福よりも仕事を求めているのかもしれない。

幸福論B

人間は知性によって幸福になれるだろうか。「アルジャーノンに花束を」というSFでは、主人公のチャーリー・ゴードンは天才的知性を得るが、結局のところ幸福にはなれない。だが仏教では、本当の知恵があれば本当の幸福が得られると説く。仏教の知恵は、いわゆる知性とはかなり異質なのだろう。仏教では、人間が不幸なのは、無明という根本的な無知があるからだと説く。

人間の知性の産物である、科学とテクノロジーがどれだけ進歩しても、それだけでは本当の幸福は得られないのではないか。だが大脳生理学や精神薬理学の発達で、幸福の丸薬が発明されればどうか。酒やタバコが好きな私なら、幸福の丸薬を飲んで手軽な幸福を楽しむという選択をしそうである。だがウィトゲンシュタインの言うように、科学の発達では、人生の根本的な問題は、全然解決されないのだろう。

幸福論C

私は、究極的には何を求めているのだろう。知的には真理であり、感情的には幸福だと思う。日常生活は、どうもすっきりしない。私は生きにくさを抱えているダメ人間であるようだ。この生きにくさは、実存主義の作家である、サルトルやカミュが名付けた不条理ではないのか。精神障害者として、労働を免除された私にも、やはり生きる苦しみはある。この苦しさを何とかしたいというのが、私の主要なモチーフである。

この苦しさを感じているのは心なのだから、この問題は、心理学的な問題であるように思える。だが心理学の本には、幸福というテーマはあまりないようである。フロイトやユングは、精神障害者を研究したのであり、健常者の心理学を創始したのはマズローである。マズローは、「至高体験」という概念を創造して、健常者における幸福の問題について考えた。

幸福の問題をストレートにテーマにするのは、哲学だろう。ショーペンハウアーの幸福論は、具体的・現実的に幸福というテーマを論じていて面白い。幸福というテーマについて、抽象的・観念的に考えていても仕方がないような気がする。具体的・現実的に幸福だという実感があるのが、本当の幸福だろう。現在の私は楽といえば楽なのだが、ぬるま湯に浸かったような幸福だと感じる。

ラマナ・マハルシやクリシュナムルティの本には、至福の境地についての記述がある。ラマナ・マハルシやクリシュナムルティの本を繰り返し読むことによって、宗教的な至福の境地に到達できるだろうか。本を読むだけでは難しいような気がするのだが。

名声や地位や財産が与えるものは、幸福という言葉よりも、満足感という言葉の方がぴったりくるような気がする。だがその満足感は、多分一時的なものなのだろう。どんな満足も、慣れれば当たり前になってしまうから。

頭がよかったり、いわゆるよい職業についていても、仕事が全然楽しくなかったりするかもしれない。本当に幸福の問題は難しい。

幸福論D

1　幸福な瞬間には、自分の人生を肯定できる。

2　幸福とは快の感情であって、低次元の幸福から高次元の幸福までいろいろある。酒や美食は、低次元の幸福だろう。科学者や芸術家が、自己の能力を十分発揮しているときには、高次元の幸福を感じているのではないのか。

３　私自身の過去を回想すると、小学校の頃が一番幸福だったように思える。

４　現実が暗く見えることがある。おそらくうつ体質のせいだろう。未来には暗闇が待っているように見え、現在の瞬間も、何か寒々とした感じがするのである。幸福な人間には現実が明るく見え、不幸な人間には現実が暗く見えるのではないか。ブッダは若い頃、生老病死といった人間の置かれている暗い現実を直視し、そのことから来る精神的苦悩を解決するために、修行して悟りを開いた。悟りを開いた後のブッダは、もはや生老病死に悩むことなく、人々に心の平安を得る方法を説いた。人間の置かれている生老病死という現実は、本来暗くはないのだろう。その現実が自分の思い通りにならないから、人間は苦しむのである。

5　人間にとって真の幸福とは何か。パスカルの言うように、人間のすべての行動の動機は、幸福の探求といえるだろう。幸福感が減少すると、生きる意欲そのものがなくなってしまうだろう。うつの患者で自殺する人が多いのも、幸福感がなくなり生活全体が苦一色で塗りつぶされるからだろう。

人間はある条件を満たせば幸福になれると思いこみがちである。受験や恋愛で必死になって勉強するのも、あれこれ悩むのも、条件を満たせば幸福になれると思うからである。だが条件を満たせば、それが当たり前になって、幸福感はなくなってしまうのである。

哲学者のエピクロスは、幸福を精神の平安に求めた。幸福の幻影を追いかけて欲望や衝動の満足を追い求めることは、精神の平安をかき乱す。幸福の求め方を間違えば、人間は不幸になるだけである。

6　幸福は偶然与えられるものなのだろうか。それとも自分の努力で幸福を得ることができるのだろうか。答えはどちらもあり得るというものだろう。アルコールを飲めば手軽に幸福感が得られる。だがアルコールによる幸福感は、哲学的な意味での真の幸福とはいえないだろう。宗教による修行などが、真の幸福への道ではないかと思えることがある。真の幸福という問題は、次元の高い問題である。仏教徒にとって真の幸福とは、修行の完成であろうし、クリスチャンにとっては、神の恵みとして与えられるものかもしれない。

幸福論E

1　自分が幸福であるという実感をもつためには、どうしたらよいのか。幸福とは、具体的で現実的なものでなくては意味がない。はたから見てどれだけ幸福そうに見えても、本人に実感がなければ意味がない。

2　幸福に到達するためには、努力が必要かもしれない。努力の目的は、価値の創造である。ベルクソンによれば、名声や地位や財産といったものは副産物であって、本当の喜びではないのである。

3　コリン・ウィルソンや、清水友邦氏が言うように、人間には元来自由と幸福が与えられているのかもしれない。特別の努力をしなくても、そのことに気がつきさえすれば、自由と幸福を実感できるのかもしれない。

4　西洋哲学の中に、幸福論というジャンルがあるが、果たして人間は思考によって幸福になることができるのだろうか。私が試みているのも、思考によって幸福になることだが、幸福は感情であり、理性によって感情を支配することができれば、幸福になれるかもしれない。

5　人間は、あるいはどんな不幸とも折り合いをつけることができるのかもしれない。私自身も統合失調症という精神病に罹ることによってひとつの不幸に直面したわけだが、慣れればそれが当たり前になってしまうということがわかった。狂人の人生は不幸の極致のようだが、実際にはそれほどでもない。精神障害者は、障害者年金がもらえるので、労働の義務を半分免除されたようなものだし、自由な時間には自分の好きなことができる。抗精神病薬を飲んでいれば、私の場合には妄想を抑えることができる。ただ私の場合は、気分障害でさんざん苦しんだ。これは誰にもわかってもらえないような苦しみだった。結局のところ誰の人生にも天国と地獄があるということだろう。幸福論を書きたいと思っていたのに、これでは不幸論になってしまう。

6

クリスチャンは、死後の幸福を信じているようである。地上の世界では、たまにいくらかの喜びがあるだけで、忍耐の連続である。クリスチャンが地上の幸福をあきらめているかどうかは知らないが、やはり地上で幸福になるのが、一番いいと思える。仏教はどうか。こちらも、地上の幸福はほとんど絶望的なように思える。ブッダは悟りを開いてニルヴァーナの境地に達したが、仏教の長い歴史の中で、ブッダと同じレベルになった人が何人いるだろうか。だが地上の幸福という観点からは、仏教の方が希望があるように思える。ブッダと同じレベルになるのは無理だろうが、ちょっとした悟りで心の重荷を軽くすることができるかもしれない。

7　幸福論を書くのは難しいが、不幸論なら書けそうである。だがすごく個人的な内容になるだろう。脳の不快な緊張や、平凡な生活の退屈や、絶えず感じ続けている不安など、不快なことはたくさんある。だが苦痛にはどんな意味があるのか。幸福とは何かを考えても結論はでない。多分人生に幸福などないのだろう。幸福の断片くらいはあるだろうが。

8　幸福というテーマは、真剣に考察するに価する。だがどこから考えたらよいのか。案外不幸の考察から出発するのがよいかもしれない。

9　愛情や感謝の気持ちは、一瞬救われたような感覚をもたらすが、不幸そのものが消えるわけではない。

10　不幸の問題を解決するカギはどこにあるのか。

11　仕事の意味を実感して、本当に人の役に立ったと感じることができたら、仕事に対する感じ方も変わるかもしれない。仕事を通じて幸福な感覚をもてるようになるかもしれない。

12　幸福とは、内面的・主観的なものであるから、客観的に見て幸福だという言い方は、意味がないだろう。

13　若い頃は、誰でも大きな幸福の幻影を追っても不思議ではない。

14　人生は基本的に不幸な代物だが、どこかに救いはないかと思う。

15　名声や地位や財産は、大きな幸福感を与えるだろうが、孤独や死の問題は残るのではないか。

16　何でもないような会話も、私にとってはひとつの救いである。私は自分自身から逃げだしたいのである。

人生の内容

人生の内容とは何か。私が一番よく知っているのは、私自身の人生である。これから私自身の人生について書くことにする。だが私の人生に何か内容があったのだろうか。私が何か成し遂げたといえるようなことがあるのか。大抵の人間は、自分の人生の内容をイメージするときは、労働をイメージするのではないか。だが深刻な精神障害をもっている私にとって、労働の量はごくわずかである。私は閑な時間を読書に費やしてきたのである。だが本当に人生というものは、労働という体験によって肯定されるものなのか。人生の内容というものは、個人的なものだろう。

私には私の人生の内容がある。私はもっぱら趣味に打ち込んで生きてきた。趣味の幅は結構広い。読書とか将棋とかをやり、他には絵やピアノをやった。文章も書いた。それらをイメージするとき、私は、私の人生もそれなりの内容はあったのだと思って満足することができる。神谷美恵子が言うように、生き甲斐にはある程度の抵抗感が必要である。趣味に打ち込むのもやはりそれなりに抵抗感はあり、それだからそれらが、人生の内容だと思えるのだろう。

生きにくさについて

どうしても私は生きにくさを感じてしまう。持病の統合失調症のためだろうか。この生きにくさはどこからくるのか。自己否定的な思考のためだろうか。気分障害のためか。生きにくさを感じる人間は、ダメ人間なのか。

この社会で生きていくためには、とにかく労働しなくてはならない。だが私は長時間労働に集中することができない。この事実から、私は自己否定的になっているのだろう。だが 労働をすれば、人生を肯定できるのだろうか。私にはどう転んでも生きにくい感じがする。自由と幸福など、夢のまた夢ではないかと思える。

私は哲学書を読むのが好きであるが、哲学の知識を大量に獲得しても、それだけで生が肯定されるわけでもないと感じる。袋小路へ入ってしまったような感じがするが、どういう方向へ向かって前進したらいいのだろうか。視界は暗い。それがあるいは運命というものかもしれない。

日常生活の苦しみと喜び

私の体験する日常生活の苦しみは、気分がすっきりしないことである。この日常的現実は、確かにブルーハーツの歌詞にあるように、天国でも地獄でもないらしい。普通の日常生活では、主に労働によってしんどい思いをするだろう。私には労働の苦しみはあまりない（労働時間が短いために）。日常生活は、平凡な苦しみと喜びの連続である。苦しみと喜びの内容は人によって違う。だが大抵は、どちらも平凡なものである。

私は平凡な苦しみを終わらせ、非凡な喜びを得たいといつも思ってきた。私だけがそう思うわけではなく、誰でも本音の部分ではそんな願望があるのではないか。だが幸福の連続のような生活は、ほとんどあり得ないのである。それが「現実」である。不登校やひきこもりにも、平凡な苦しみを避け、なるべく楽しく生きたいというような動機があるだろう。だがこの現実の世界には、勉強か生産をしていないと価値がないといったような価値観がある。苦しみに価値や意味を見いだす人もいるだろうが、仏教的には苦しみには価値も意味もないようだ。仏教的には、苦しみは単に否定すべきマイナスである。

精神の変化

私の精神状態も、年齢とともに変わってきた。二十代や三十代の頃は、かなり辛かった。四十代頃から、だんだんと安定してきた。若い頃は抑うつと不安で苦しんだ。だが年をとるとともに楽になってきた。現在は、苦しみは軽い。仏教では、死の観念や無常観を、苦しみの原因と考えるが、こういう観念にあまり悩まなくなってきたのである。

だが今は五十歳であるから、もっと年をとれば老病死に悩むことになるのかもしれない。だが若い頃は、死というものを、絶望のブラックホールのように感じていた。今現在では、死が休息と安楽を約束するベッドのようなイメージに変わってきた。

とはいっても、死はやはり怖い。自分が一番信頼する肉体が崩壊してしまうのだから。空想的に聞こえるかもしれないが、この絶望的な現実から、密《ひそ》かに逃げる道はないかと思ったりしたものである。あるいは仏教は、この絶望的な現実から密かに逃げる方法なのかもしれない。この現実の世界から、どうにかして救われたいという思いはやはりある。

心の病と仏教

この人間社会には、病的な世界と健康な世界がある。病的な世界には、特有の苦悩と幸福があるし、健康な世界にもまた特有の苦悩と幸福がある。自分の心の中に、解きほぐしたい糸玉のようなものがある。うまく解きほぐせればいいと思うが、これも統合失調症の病理のひとつの現れなのだろう。この糸玉のために、無気力状態が続いているような気がする。

人生の絶望と苦悩から脱出する方法はないか。私には仏教にその方法があるように思える。人生の絶望と苦悩といってもいろいろある。私自身が現在苦しんでいる、統合失調症やうつ状態のような精神の病気も、精神的な苦悩のうちのひとつである。仏教では、病を仏教で治すとは言わない。病まねばならぬ身でありながら、病より自由になることを得るとブッダは言っている。精神病の苦悩も、生老病死の四苦のうちのひとつである。ブッダは、死ぬ身でありながら死より自由になることを得ると言っている。

人間の欲望は、善でも悪でもないとブッダは言った。自分の心の中を内省してみると、さまざまな欲望があることがわかる。ブッダの欲望論のポイントは、快楽主義と禁欲主義との間で、うまくバランスをとるということである。肉体的欲望の追求は快楽主義となるのであるが、金銭欲の追求などは、悪になりやすいと思う。欲望を無理に押さえつける必要もないと思うが、欲望の過度の追求は、悪に向かう傾向があると思う。

日々の雑考

1　作家の埴谷雄高は、インタビューに答えて、人生に至福というものはないと言っている。確かに人生には大きな幸福はないかもしれない。だが幸福の断片は、誰でも体験しているだろう。女流棋士のＮ・Ｈさんに、飛車落で勝ったとき、私はうれしくて天にも昇るような気持ちだった。平凡なことであっても、かなり幸福になることはやはりあるのである。私の愛好する幸福の断片は、本を読むことである。好きな本を読んでいると心地良い。好きなことをしているときは、誰でも幸福の断片を享受しているのである。

2　生活をどういう方向性で組織したらよいかというのは、重要なテーマである。大抵は、一般的に見てより良いと思える方向へ向かおうと思うのではないか。生活の中の善への志向性は、生活の意味や価値という問題でもある。生活の中で意味や価値を創造できれば、満足感や喜びが得られる。自分自身に対して肯定的にもなれる。

3　善悪の基準を、確固とした世界観や価値観の上に、構築するのがよいだろう。

4　中沢新一氏が仏教の悟りに関して言ったように、人間の進化も永遠に続くプロセスなのだろう。

5　他人とコミュニケーションしているときに、自分がよく感じる願望がある。会話によって、精神的にしんどい状態から解放されたいと思うのだ。

だが相手に十分思いやりがあっても、コミュニケーションはどこかずれてしまい、自分自身から解放されることはめったにないと感じる。

6　快楽的な人生があってもいいのだろう。神も許すだろう。だが、究極的な欲求不満が快楽によって満たされることはないだろう。

7　私が執着している観念は、究極の安楽とか究極の至福といった観念である。これは私個人の執着ではなくて、誰でも心の底に、この苦しい現実から救われたいという願望があるだろう。その答えを宗教に求めるのが、正しいのか間違っているのか、私にはよくわからない。だが現実的に考えるなら、結局は幸福の断片で満足するしかないのではないか。

8　幸福に生きるためには、やはり知恵が肝心のようである。

9　ゲーテの「ファウスト」に出てくるメフィストーフェレスは、人間は死ぬまで希望をもっていいと言っている。私も死ぬまで未来志向的に生きたいと思う。

10 私の心には苦しみがある。病的な感じがする。精神の健康は喜びである。心の病気の原因が問題なのである。精神の健康のために何が必要なのかが問題なのだ。疲れた心は、安らぎと眠りを求める。アルコールで心をマヒさせたいと思ったりもする。人間は誰でも心に苦しみがあるのだから、心の病人なのだろう。それが拡大されたのが、統合失調症の患者なのだろう。

11 私は何を求めているのだろうか。多分観念的な何かなのだろう。どこか気持ちの良い光が射している方向へ行きたいのだ。現実の世界を超えた何かを求めるというのは、人間の本性みたいなものではあるまいか。具体的には、何らかの宗教や思想を求めるということになる。結構うまい物を喰い、金もそこそこにあっても、それだけでは満足できない。

12　価値観や倫理観が相対的なものなら、自分の好みに従って生きてもかまわないのだろうか。

13　私の現在の生活は、かなり充実している。趣味によって人生を意味あるものにしていると思える。

14　価値とは、おそらくひとつの信念なのだろう。

15　単純に満ち足りていることができれば、それはこの地上の世界での最高の幸福なのかもしれない。

16　ニーチェのような過激な思想に比べると、浄土真宗は穏やかな感じがする。私個人としては、ニーチェも結構好きなのだが、浄土真宗のような、穏やかな幸福を求める思想がやはりいい。

17　将棋を指すときは、私は本気で指す。相手も本気で指しているのがわかる。勝っても負けても、ぎりぎりの勝負をしているときには、何か生きている手応えみたいなものが感じられる。

18　ほっと一息つけるとか、一安心できるという状態が、この世の極楽だろう。

19　私は現在、特に問題がないと感じている。このことはすごく幸せなことかもしれない。

20　ゆううつという名の悪魔が私の心に語りかける。人生などどろくな代物じゃないと。人間が不幸なのは当然なのだろうか。何か幸せを求めるのは、いけないことなのだろうか。

21　現実は決して暗くはない。私の心が暗くなっているだけなのだ。だがゆううつの原因はわからない。心の明暗は天気のようなものなのだろうか。

22　世界と生を肯定することが幸福である。この幸福の感覚は、ごく単純なものである。自分がいかに多くのものを与えられているかに、気付けばよいのである。

23　私という人間の根本的な問題は、根深い欲求不満である。この魂の渇望をどう満たせばよいのか。これは欲望であるとしても、欲望の対象がはっきりしない欲望である。誰にでもこんな魂の渇望のようなものがあるのだろうか。

24　私は果てしなく迷っている。多分みんなそうなのだろう。人生に答えなどないのだ。

25　清水友邦氏の『覚醒の真実』という本の、ロータス・ヴィジョンという考えが興味深かった。人間は本来自由と幸福が与えられているのだが、それに気が付いていないのである。それに気が付くだけで自由と幸福が得られるというのである。これだけ読むと、まるきりの観念論のようにも思える。だがこれが本当だったら、努力なしに誰でも自由と幸福が手に入る。思えば人間は、幸福のためにどれだけ努力をすることか。財産があれば幸福だろうと考えて、必死に働いたりする。

26　他人から見て幸せそうに見えても、本人が幸せでなかったら意味がない。幸福とは、かなり内面的・主観的なものなのである。名声・地位・財産に恵まれていても、本人はちっとも幸せでないこともあり得る。

27　清水友邦氏の『覚醒の真実』には、はっと思わされる文章が多い。悟りや幸福というものに、自分のイメージを作ってしまうという部分も、なるほどと思わされる。

28　機械文明の発達は、かなりの安楽と快適をもたらすにしろ、ひたすら社会が複雑化していくのは、あまり好ましくない感じがする。

29　人間の不満の感情は、極めて根深い。

30　幸福とは、現実的な実感でなければならない。抽象的・観念的に自分が幸福だと考えても、本当に自分が幸福だと思えなければ意味がない。

31　幸福になるためには、高度な心理学が必要だろう。マズローやコリン・ウィルソンの心理学は、参考になるだろう。

32　文明の進歩は、欲望の満足という形で幸福と快楽の総量を増大させるが、究極的な欲求不満は残るかもしれない。孤独とか死の問題は残るだろう。

33　死には否定的なイメージが濃厚にまとわりついているが、究極の安らぎといったイメージもある。キリスト教の天国では、永久に楽しい時間を過ごせるようだが、永久に眠るというのもそんなに悪くないと思う。私は夜眠る前に、このまま永久に眠ってしまったらどんなに楽だろうと考えることがある。

34　私の人生は、精神的危機の連続である。特に統合失調症になってからは大変だった。

35　有り余る富は、われわれの幸福にはほとんど何も寄与することがないとショーペンハウアーは言っている。

36　他人の言葉はあまり気にせず、自分の生き方は自分の判断で決めるのがよいだろう。

37　真理などというものは、とにかく大問題で、短い一生の間に結論がでるとは思えず、結論をだしたとしたら独断論になるのではないか。

38　いくら考えてもわからないことは、考えなくてもよいだろう。

39　寝て起きたら、ずいぶん気分が良くなった。やはり気分は幸不幸を左右する。元気でやる気があって、何かをできるのが一番幸福なのである。

40　統合失調症は脳の病気であって、心は病んでいないのではないか。

41　私は、客観的には幸福の条件を満たしているのだが、主観面が問題なのである。

42　幸福な生活へのヒントは、宗教にあるのではないか。

43　仕事の意味が実感できれば、私も少しは働けるかもしれない。

44　私がこだわるのは、死の問題と幸福の問題である。労働の問題にも若干こだわっている。

45　現実のすべてを知り尽くすことはできないのだから、自分の信じる宗教を選択することは、ギャンブルみたいなものではないか。

46　どの宗教が正しいのかは、大問題である。この問題は、哲学的に表現すれば、どういう世界像が最も普遍的であるかという問題である。

47　哲学の可能性は、案外幸福論あたりにあるのかもしれない。幸福になる方法を発見できたら、人類に対する大きな贈り物になる。

48　哲学には主観と客観の一致とか、自由と必然の関係とか、脳と心の関係などといった、論理パズルのような諸問題がある。

49　私の主要な悩みは、統合失調症による脳の緊張なのだが、幸福論では解決できない。抗精神病薬の新薬にでも期待するしかない。

50　何らかの価値を創造したいというのが、私の夢である。ニーチェも価値を創造することは癒しになると言っている。

51　絶対に正しい（現実を完全に把握している）理論などない。

52　悲観的な私には、希望をもつことはなかなか難しいが、希望もまたひとつの幸福だろう。

53　人生の意味は、考えるものではなく実感するものである。

54　ロマンを捨てないようにしたい。ロマンは生活に光を与えてくれる。本当のロマンとは何だろうか。

55　絶対に正しい世界像などというものが、本当にあり得るのか。

56　幸福は副産物で、価値の創造が主目的なのだろう。

57　救済があるかどうかが問題なのである。もし救済があるとしたら、それはすべてを手に入れるようなことだろう。

58　私の個人的な不幸を、何とか終わらせることができないのか。たとえば考え方の転換などによって。

59　私は現在かなり苦しいが、この苦しみは無意味なものではなく、もしかしたら貴重なものなのかもしれない。

60　苦悩は神へと導く最も早い乗物であると、マイスター・エックハルトは言っている。苦しんでいるときは、多分神に近いのである。

61　苦しみに意味や価値があるのかもしれないが、苦しんでいる人間は、本音の部分ではとにかく楽になりたいのではないか。

62　苦しみの真理とは何か。

63　生きているうちにか、死んだ後にかはわからないが、浄福はきっとあるだろう。

64　「ヨーガ・スートラ」によると、ヨーギーの業は白でも黒でもないという。行為が善でも悪でもないというのは不思議な感じだが、ヨーガの考え方では、行為の善悪に応じて、苦楽が定まる。ヨーガの理想は苦楽を乗り越えた境地なのだろう。人間は、苦しいことはもちろん嫌だし、楽しいことはあるが、そんなに純粋に楽しいわけでもない。平凡な楽しみよりも、もっとすばらしい境地があるのだろう。

第二章　幸福主義宣言

自分の抱えている問題

１　私は果てしなく迷い続けながら生きている。私は、心の中に、抱えている問題がある。他人の内面はよくわからないが、誰でも悩みはありそうである。多分私の抱えている問題も、普遍的なものなのだ。

私の抱えている問題の、中心的なものは、満足の問題である。私はクリシュナムルティの言うように、不満から逃避するために、アルコールや他人との会話や、書物などに頼る。本当の幸福がないので、断片的な満足で満たされようとしているのである。

こうやって文章を書くことで、自分の抱えている問題が、少しでも整理されればいいと思う。その作業は、自分自身を知るためのものである。クリシュナムルティの思想は、自分の抱えている問題を解決するために、役に立つと思う。クリシュナムルティの本を繰り返し読むことも、自分の問題を整理するために有効だろう。クリシュナムルティの本は、自分自身の心を知るための、究極の心理学書である。

2

私は、自分が何か問題をもっていると感じている。満たされていないという気持ちはある。この心の欠損を埋めようとして、人はさまざまな依存に走るのだろう。アルコール依存やギャンブル依存や仕事依存などに。だがこの心の欠損とは何なのか。世間の人全員が依存に走るわけではない。日常生活の中で、それなりに満たされている人もいるのだろう。

欲望が強すぎると不満を感じるのだろうか。多分そうなのだろう。同じ百万円でも非常にありがたいと思う人と、何だその程度かと思う人といるだろう。

私の問題には退屈という要素もあるだろう。私の生活は割合単調なので、刺激が不足していて退屈しやすいのだ。

他人との関係という問題もある。他人と話していて、強い共感が得られれば、かなり満足できる。他人との話がすれちがってしまうと、孤独感を感じる。

調和の感覚

日常的現実の中で、調和の感覚が得られればいいと思う。調和の感覚をもつことは、世界と生の全体を肯定することである。

世界と生の全体を肯定しているときには、調和の感覚が得られ、否定しているときには、不条理の感覚に陥る。調和の感覚が得られれば、幸福になれるだろう。その感覚を得るためには、名声や地位や財産といったものは必要がないだろう。

ドストエフスキーの小説に出てくるキリーロフは、名声も地位も財産もないが、永久調和の五秒間という極端な幸福を体験する。永久調和の五秒間とは、世界と生に対する全面的な肯定なのである。

労働からの自由

1　大多数の人間は、この日常的現実の連続に耐えていかなくてはならない。この日常的現実は、基本的に平凡で退屈である。苦と楽を繰り返すのが、普通の人生である。この日常的現実に埋没して生きていけば、苦と楽の循環も当たり前のこととして感じられるだろう。

大多数の人間は、労働にしばられている。仕事が楽しいという人もいるだろうから、労働者がみんな不幸というわけではないだろう。だが大抵は、つまらない仕事を我慢してやっているのではないか。ショーペンハウアーによれば、労働からの自由が、幸福の条件なのである。

2　私個人は、労働から自由である。私は精神障害者であって、政府から障害者年金をもらっており、親の遺産などもあるので、仕事をしなくても全く困らない。だが仕事からの自由は、幸福の必要条件ではあっても、十分条件ではない。私の悩みは日常的現実が退屈なことであり、何か心が満たされないことなのである。

ブッダは王子として生まれ、あらゆる欲望が満たされるきわめて幸福な生活を送っていた。それでもブッダは満足できなかった。おそらくブッダは悟ることによって、究極の幸福を手に入れたのだろう。ブッダの解決法は、一般大衆が簡単に実践できるものではなかった。それでも仏教思想には、宝石がごろごろと詰まっているように思える。

幸福について

1　幸福とは心の安らぎだろう。幸福に似た言葉として、快楽がある。快楽は悪ではない。よく言われるセリフを使えば、他人に迷惑をかけなければば、好きなことをしてもかまわないのである。だが幸福は快楽以上だろう。

2　日常生活の中の幸福は、断片的なものではないだろうか。二十四時間幸福な人間などいない。欲望を我慢したり、満たしたりして生きるのが、普通の生活である。欲望は際限がないから、究極の満足というものはあり得ないだろう。だが欲望がなかったら、満足もない。この世界の快楽というものは、かゆいところをかくようなものかもしれないが。

3　幸福になるためには、意識というものの性質と機能を研究しなくてはならない。そのために参考になるのが、コリン・ウィルソンの著作である。コリン・ウィルソンは、人間がいかにして自らの意識を拡大し、幸福に生きることができるかを、生涯のテーマとした哲学者・作家である。

コリン・ウィルソンの思想を理解するためのキーワードは、「至高体験」と「X機能」である。「至高体験」は、健康な人間がときおり体験する圧倒的な幸福感の体験であり、「Ｘ機能」とは、他の時や他の場所について直観する神秘的な能力のことである。コリン・ウィルソンの研究家であるハワード・Ｆ・ドッサーは、「ウィルソンの哲学は、人間の意識とは何かということを扱っている。」と書いている。人間の意識について深く研究した哲学者は、フッサールだろう。コリン・ウィルソンは、グルジェフという神秘思想家に注目しているが、グルジェフは、通常の意識より高次な「自己意識」というものがあり、さらにその上に「客観意識」というものがあると説いている。これらの意識は、可能性としてあるのである。

私は、若い頃は真理と幸福を同時に手に入れる高次の意識という観念に魅了されたが、現在では、平凡な幸福があれば十分ではないかという気がする。だが人間に体験可能な幸福をとことん追求してみるのも意味があるだろう。コリン・ウィルソンと親交のあったホルロイドという作家は、次のように言っている。

「神秘体験、幻《ヴィジョン》を見る意識状態、法悦や歓喜の瞬間、そして世界と人生の肯定の瞬間は生と関連しているだけでなく、人間の努力の主要な目標でなくてはならないとわれわれは考えていた。」
高次の意識という理想は大変すばらしいものなのだが、問題なのは、それをどうやって達成したらよいのかという方法論なのである。コリン・ウィルソンやクリシュナムルティやグルジェフは、意識や心の問題に焦点を合わせて、自由と幸福の可能性を探ってきたのである。そこには意識と無意識の関係といった問題もある。意識と無意識の関係の問題の先駆者は、ニーチェである。無意識も含めた意識や心の問題を極めることができれば、自由と幸福の問題も解決するだろう。

4

日常的現実は常に平凡で退屈である。小さな幸福の断片は、無数にあるのだが。この退屈が私にとっては大問題なのである。私がコリン・ウィルソンや、笠井潔氏といった作家が好きなのは、平凡な現実を突き抜けて、非凡な幸福に到達したいというモチーフがあるからである。キルケゴールも退屈を問題にした。ショーペンハウアーの幸福論では、平凡な頭脳の持ち主はどうしても退屈してしまう。現実の世界に面白いことを見つけられるのは、非凡な頭脳の特権なのである。

5

宗教書や哲学書や文学書には、非凡な幸福が暗示されている。ドストエフスキーの「悪霊」に出てくるキリーロフは、永久調和の五秒間を体験する。この最高の幸福の体験が、調和の感覚と表現されているところが面白い。キリーロフの体験する幸福は、世界と生の巨大な肯定なのである。ブッダの悟りも、究極の幸福体験だったのではないか。おそらくものすごい幸福の体験というものは、可能性としては現実にあり得るのだろう。パスカルは、人間の全ての行動の動機は幸福であると言っている。だがこの現実の世界に、本当に幸福な人間が何人いるだろうか。世間のほとんどの人は、幸福の疑似体験を求めているのかもしれない。

名声・地位・財産の追求は、確かに大きな満足感をもたらすだろう。だが本当の幸福というものは、そんなものよりはるかに高度な幸福なのではないだろうか。しかも名声・地位・財産を手に入れることのできる人間は、少数者なのだ。大多数の人間は、名声・地位・財産すら手に入れられず、つまらない労働に耐えなければならないのである。

究極の幸福を求めるというのは、すごく贅沢なことなのかもしれない。世界の半分以上の人間は、生き延びるのに必死で、幸福どころではない。私個人は、究極の幸福の可能性を、仏教や神秘思想に求めてきたが、どうやら単なる夢物語に終わりそうである。

だが巨大な幸福を実際に体験した人は、現実にいる。仏教学者の玉城康四郎博士は、座禅の修行の結果として、腹の底からむくむくわきあがる歓喜を体験した。作家のグレアム・グリーンは、ロシアンルーレットをした結果、至高体験をしている。その至高体験を、グレアム・グリーンは次のように言っている。

「急に灯りが点けられたようだった。私は人生が無限の可能性をもっていると感じた。」

コリン・ウィルソンと笠井潔氏との対談で、笠井潔氏がこのグレアム・グリーンの体験を、ハイデガーをひきあいにだして解釈して、死に接近することで本来的自己に覚醒したと言っているのは興味深い。

仏教の知恵と言葉

生きる苦しみという厄介なものを、どうにかして取り除こうというのが、仏教思想の目的であるに違いない。凡人の人生には、完全な悟りも解脱もないかもしれないが、仏教の知恵をうまく使ってなるべく楽な気持ちで生きるすべはないものか。

言葉を使って、あるがままの現実をあるがままに受け入れるなどと言うことは簡単だが、楽とか幸福とかいった実感がなければ、単に言葉をもてあそんでも意味がない。だが言葉という道具を使って、どれだけ悟りや解脱に迫れるかという試みも面白いことだろう。

言葉を使って悟りや解脱を追い求めた書物として、「覚醒の真実」や「仏教思想のゼロポイント」は、興味深い本である。その本を読んだからといって、ただちに悟れるわけではないのだが、参考にはなる。

労働コンプレックス

心の中のごたごたした悩みを、すっきり解決する方法はないものか。アルコールを飲めば、一時的にはだいぶすっきりするが。考え方のポイントみたいなものがあるのではないか。

私の場合は、他人の評価にこだわりすぎて苦しくなっているのかもしれない。ニーチェも、評価の力は怪物だと言っている。世間には学歴コンプレックスという言葉があるが、私の場合は労働コンプレックスがあるのかもしれない。私にはどうしてもなじめない「労働」だが、世間の評価は、労働の周囲を回転しているように思える。

だが怠惰も含めた自由にこそ、幸福があるのではないか。とは言っても私の生活には労働からの自由はあるのだが、実際には具合の悪さを抱えながら、単にダラダラしているだけである。幸福にはほど遠い。それでも世間一般から見れば、十分「甘い生活」だろう。

幸福のイメージ

世間一般の幸福のイメージは、幸福とはごく平凡なものであるというものらしい。何も起こらないことが幸福なことだというわけである。モノと金がたくさんあることが幸福だというのも、ごくありふれたイメージなのだろう。

有利な就職のために有名大学へ合格する。そのために勉強に励むというのもごくありふれている。だがエリートコースに乗っても、本当に幸福になれるかどうかはわからない。詰めこみ勉強であくせくし、出世競争であくせくしていては、あまり快適ではないかもしれない。

仕事が楽しいという人はかなり幸福だろう。楽しい仕事を見つけられなかった私が間抜けなのかもしれないが。私はどうも仕事は苦手である。

夢やロマン

言葉は、人に自分の考えや意見や意志を伝えるためにある。私は自分の内面を語ってみたい。自分の内面には個人的な思いがたくさんあるだろうが、普遍的な問題もあるはずである。

普遍的な問題の中で大きなものは、孤独とか幸福とか死とか愛といった問題だろう。パスカルは、人間の行動の動機は、すべて幸福を求めることであると言った。

夢やロマンを求める人間の動機も幸福だろう。だが五十一歳の私にとっては、夢やロマンはあまりリアリティがない。大多数の人間は、ごく若いうちに、夢やロマンを断念しているのである。私は神秘思想に傾倒したが、私にとってはそれが夢やロマンだったのだろう。

電話の魔力

私は電話魔である。しょっちゅう電話している。私には生きにくさがある。それは心の苦しみである。この苦しさから、ちょっとでもいいから逃避したいのである。それにしてもくだらないどうでもいい話は結構楽しい。カップ焼そばはどれが一番うまいかといったような。だが電話で話をしてすごく満足するわけではない。おそらく逃避からは深い満足は生じないのだろう。それでも私は電話をやめられない。自分とは異質な価値観をもち、異質な思考をする他人との対話は、結構勉強になるし面白い。だが電話はやはり逃避なのだ。

承認と競争

1　どう生きたらいいのかわからなくなってきた。結局のところ与えられた条件の中でベストを尽くすのが人生なのだろうか。何か他人の承認があれば満足できるのだろうか。私は自由をひたすら追求したつもりだったのに、案外不自由な感じがする。やはり承認の欲求は強いと思える。他人の承認が得られれば、人生が肯定されるようにも思える。

だが承認を求めることは、果てしのない競争に参加することだろう。競争的な現実は、不安であるのも確かだ。競争に参加せず、なおかつ人生の肯定を求めるのは、虫のいい考えなのか。競争にもいい競争と悪い競争があるのだろうか。将棋や囲碁はいい競争で、出世競争のようなものは悪い競争なのだろうか。

２　他人からの承認は、どれだけ満足感を与えるだろうか。承認を得るためには、競争に勝たなくてはならない。最初の競争に勝ったとしても、二回目、三回目がある。競争的な現実は、不安なものだろう。仕事だけではなく、趣味の世界にもある程度の承認をめぐる競争がある。だが趣味の目的は楽しむことであり、勝敗は二義的な問題である。私個人は、障害のために、承認をめぐるゲームから降りてしまっているが、競争のない人生も、それはそれで良いものである。

心とは何か

心というものは一体どういうものなのだろうか。心理学書は山ほどあるだろう。心理学書を読破することで、心についてより深く知ることができるだろうか。私にとっての主要なモチーフは、いかにして幸福を得ることができるかということである。幸福を視野に入れた心理学書として、コリン・ウィルソンやクリシュナムルティの本は、役に立ちそうである。意識とか心と言われるものの徹底的な理解を通して、自由と幸福を得ることができるのではないか。心というものを知るために、心理学者としてはフロイトとユングが、哲学者としてはフッサールが参考になりそうである。

幸不幸と死と労働

生きていくということは、さまざまな問題に直面することである。私がこだわっている問題は、幸不幸の問題と、死の問題と、労働の問題である。この三つの問題のうち、比較的に軽い問題は、労働の問題である。経済力さえあれば、労働は避けることができるのだから。この三つの問題には、何らかの関連があるような気がする。

旧約聖書でも、人間は罪に対する罰として、労働と不幸と死が与えられたとされている。仏教では悟りを開けば、幸福の問題と死の問題は解決される。そして、原始仏教では労働は禁止されていた。

欲望と満足と幸福

心の中を内省してみると、さまざまな欲望や衝動や感情や思考があることがわかる。根本的な欲望の周囲に、さまざまな感情や思考が浮かぶ。欲望はひたすら快感を求める。欲望は満足を求める。この欲望とは何なのか。一体何を求めているのか。単純な欲望は、楽をしたいとか、タバコを吸いたいといったものである。だが根本的な欲望は、一時的な満足を超えた深い満足を求めているように思える。

だが欲望を満たすには、何かをするエネルギーが必要なのである。欲望に基づいてエネルギーを使って、何か価値を創造できたとき、満足と幸福が得られるように思える。

観念や言葉やシンボルと本当の満足

人間は基本的に快感を求める存在であるから、どんなに現実的な人間でも、幸福という夢を追いかけるのではないか。思想や観念に、幸福の夢をたくすというのもよくあるパターンではないだろうか。第二次世界対戦前から戦後にかけて、一九七〇年代くらいまで、マルクス主義は多くの人に幸福の夢を与えたのだ。言葉やシンボルに自己同一化して、満足を得るというのもありふれている。学歴などで満足する場合は、大学名に自己同一化して満足しているのである。

　だが観念や言葉やシンボルなどによって与えられるものではない本当の満足というものがあるだろうか。現在の自分に本当には満足してはいないからこそ、観念や言葉やシンボルなどを求めるのかもしれない。財産というものはきわめて現実的に見えるが、使いきれないほどの財産などは、単なる観念なのではないか。

「テロルの現象学」について

「テロルの現象学」は、笠井潔氏の哲学の代表作である。私は笠井潔氏の著作からかなり影響を受けた。宗教・哲学・文学に関心をもつようになったのも笠井氏の影響が大きいが、神秘思想に興味をもつようになったのは、笠井氏の本を読んでからである。

「テロルの現象学」のテーマは、全共闘運動のロマン主義批判である。「テロルの現象学」で重要なのは、集合観念という言葉である。共同観念、自己観念、党派観念という順序で累積していく邪悪で暴力的な観念の集積を、民衆の反乱といった形で浄化していくのが集合観念である。神秘思想も集合観念の一種なのである。笠井潔氏は、コリン・ウィルソンとの対談で、集団的な至高体験の可能性に触れている。

だが私個人としては、神秘思想による個人的な至高体験の可能性を追求したいと思っている。

日常的現実と求めるもの

日常的現実とは、常に不快なものなのだろうか。私個人にとってはそうである。私は精神障害者で、作業所と、地域活動支援センターに通っている。

精神障害者の生活は、内面的には厳しいが、外面的には比較的楽である。精神的苦痛を緩和するために抗精神病薬がある。私の場合は、タバコも抗精神病薬になっている。

ショーペンハウアーは、人生は不満か退屈かのどちらかだと言ったが、それはそのとおりで、作業所に行けば不満があり、地域活動支援センターへ行けば退屈がある。どちらに転んでも、自由と幸福はない。それが日常的現実というものなのだろうか。どこかに自由と幸福はないのか。井上陽水の「夢の中へ」という曲には、休むことも笑うことも許されない生活から逃げだして、夢の中へ行きたいという歌詞がある。要するに私は、日常的現実が面白くないのだ。

作家で評論家のコリン・ウィルソンは、生涯を通して、自由と幸福の問題を追求した。自由と幸福ほど貴重なものがあるだろうか。本当の喜びとか本当の幸せは、地上の世界にはないのだろうか。だがこういう望みは、すごい贅沢なのかもしれない。大抵の人は、平凡で退屈な日常を幸せなものと見なしているのだから。

断想集

1　この現実の世界は、本来はものすごい地獄のような世界なのかもしれない。法華経も、三界は火宅であると言っている。

2　私は若い頃のブッダのように、極めて幸福な生活を送っているのだが、やはり心の葛藤のようなものはある。

3　私はごく単純に、幸せに生きたいと願っている。心の葛藤がもう少し軽くなれば、この理想はほぼ達成されるだろう。だがどんなに幸せになっても、必ず不満の種ができそうな気がする。

４　今の季節は夏だが、暑さの不快感をみんな強調しているのを聞くと、やはり不快というのは大きな問題なのだと感じる。エアコンがあればみんな使うように、心の不快を軽くする幸福の丸薬が発明されたら、みんな飲むのではないか。

５　幸福というものが本当にあるのかどうか、いまいちよくわからないが、快楽があるのは確かである。だが快楽では心の悩みや不安は解消しない。

６　本来の仏教は、心の悩みや苦しみをどう取り除き、幸福になるかを問題にした、極めて現実的・実際的な宗教だったのである。

７　理想的な現実も、理想的な自己も、多分ありえないだろう。

８　人と話して安心したいとか、内なる空虚を満たしたいとかいった孤独感を、ときどき感じる。

9　苦しみに関する真理というものがあるのではないか。心理的な苦しみを、論理的に分析して解決すれば、心理的な幸福が得られるのではないか。だが心理的な苦しみにも、何か意味や価値があるのかもしれない。私自身の主要な苦しみは、統合失調症による病苦である。これはいくらか特殊な苦しみなので、解決するのは難しいかもしれない。統合失調症の病苦がおそってきたときには、布団をかぶって横になっているのが一番楽である。

10　苦しみがある。統合失調症の病苦がある。わずかな慰めもない。一滴でも慰めがあればいいのだが。

11　仏教が素晴らしいのは、人間の至福をテーマにしている点である。うまくいけば、現実の人生で、至福を得ることができるかもしれない。仏教の最終的な目標は、一切の苦しみをなくすことだろう。

12　現実も自分も、無理に変えなくてもいいのだろう。あるがままの現実と、あるがままの自分で、十分いいのである。

13　自分自身の欲望の対象が何なのかよくわからず、何となく物足りないという感じがある。

14　生老病死もあるがままの現実であるが、あるがままの現実を素直に受け入れれば、苦しみは軽くなるかもしれない。

15　地域活動支援センターから帰ってきたが、心の空白を強く感じた。この心の空白は、存在の欠損とでも名付けたいような気がする。誰かと本音で一対一で長いこと話し合いたいと思った。

16　自分が究極的に何を望んでいるのかを、はっきり自覚することが大事だと思える。

17 オタクやニートや精神障害者のいる社会の風景も、結構いいものではないだろうか。

18 究極の満足を求めるというのは、生活に困っている人がたくさんいる現実から考えれば、すごい贅沢だろう。だが私は、究極の満足が欲しいのである。毎日感じている物足りなさやつまらなさを、何とかしたいのである。心や意識といったものを知り尽くせば、究極の満足が得られると思うのだが。心や意識をよく知るというのは、自分をよく知るということだろう。

19 できることを積み重ねていくのが、現実的な生き方だろう。

20 私には自分を特別視したいような思いが強かったかもしれない。何らかの分野で秀でた人間といったような。こういう思いは、自他を分離し、個別化するような思いだろう。だがこういう願望が強ければ、結局のところ、その人は不幸になってしまうのではないか。幸福とは自他の融合感の中にあるのではないか。

21　地上の幸福を望むのは、全く正当なことではないだろうか。宗教志向の強い人の中には、地上の幸福より来世の幸福を望む人がいるかもしれないが。だが地上の幸福は、現金のようなものであり、来世の幸福は、有価証券のようなものではないか。

22　人間なんて、一杯のカップラーメンでも結構幸せになれる。

23　神秘思想の中に真理と幸福を求めるのは、宗教的ロマン主義だが、ごみ箱の中からダイヤモンドを探すような感じがする。

24 私の日常生活には、無為の時間がかなりあるが、無為の時間を過ごすことに、後ろめたい思いをしなくてもいいのだろう。

25 平凡で退屈で、死を待っているだけの日常的現実のどこかに、救済の光が射しこまないかと思う。

26 日常的現実は平凡で退屈だが、ありがたみもある。この平凡な日常的現実、あるいはハイデガーの言う平均的日常性のおかげで、死の脅威を遠ざけていられるのだろう。

27 人生全体に意味を与えるものは何か。努力なのか、快感なのか、達成された何らかの価値なのか。

28 人生全体のバランスをとるためには、幸福と不幸の両方が必要なのだろう。不幸は非常に辛いものではあるが。

29　日常的現実の背後に神は隠れている。神を予感させるものが、信仰と希望と愛なのだろう。

30　優しい人や善意の人はたくさんいる。どちらかといえば、そういう人の方が多いのだろう。私も福祉の世界に生きるようになってから、憎しみというものとほとんど無縁の人生を送れるようになった。

31　死後の生はないかもしれない。ないとしたら果てしなく眠り続けるだけである。夜寝る前に、このまま永遠に眠ってしまったらどんなに楽だろうと思うことがよくある。自分が存在するということは、基本的には不幸なことなのだろう。存在するのと存在しないのと、どちらが良いのかわからない。

32　陰気な気分のときには、存在することの不幸をかみしめることになる。

33　キリスト教の信仰をもたなくても、愛情や善意がたくさんある人はたくさんいるだろう。そういう人は裁かれないのではないか。

34　道徳と愛は、立っている次元が異なる。道徳は裁くが、愛は裁かない。

35　この不快な現実から、どこかへ向けて逃げ去ってしまいたい。甘い思いをしたい。ハチミツに浸かったような生活をしたい。

36　心の苦しみは主観的なものである。私の場合は、労働の必要がないから、苦しみの客観的な面は解決している。問題は主観的な苦しみなのである。多分考えすぎるから苦しくなるのだろう。アルコールは、考える力を弱めるから楽になるのではないか。宗教・哲学の努力は、主観的な苦しみを何とかしようとするところにアクセントがあるのかもしれない。禅では考えることから自由になることを目標としている。クリシュナムルティも、思考は不幸をもたらすだけだと言っている。私の場合は、おそらく統合失調症の病苦もあるのだろうけれども。

37　人間は他人の評価でかなり精神的な快苦を左右されるから、苦しみをつくるのも、それを刈りとるのも、言葉の力に左右されるのかもしれない。

38　統合失調症の、何もできないという精神的な無能力の感覚は、かなり苦痛なものである。

39　前向きに努力するという気分に、何とかなりたい。

40　究極的な幸福への願望は、誰の心にもあるだろう。それに対する私のイメージは、精神状態がすごく良くなることである。

41　思考や言葉の力でできることには限界があるかもしれないが、自分の心の内容を整理し、自分が悩んでいることのポイントを把握したい。そうすれば、少しは楽に生きられるかもしれない。

42　ちょっとでもいいから楽になりたいとか幸せになりたいとか思うのは、人間の自然な願望である。問題はその方法である。

43　私の心の中には、何か引っかかっているものがあるようだ。おそらくそのために余計に苦しむのだろう。

44　現実も自分自身も、急には変われない。

45　死が最終的な敗北だというわけでもないだろう。

46　喜びをどこかに求めたい。だがどこに求めたらいいのか。快楽は簡単に手に入るが、喜びを手に入れることは難しい。愛することの喜びもあるが、腹の底からむくむくとわきあがってくるような喜びが欲しい。

47　平凡で退屈な日常が幸福なのだといっても、幸福の実感がなければ意味がない。

48　人間の心には、根本的な欲求不満があるに違いない。人間は決して十分満足はしない。きわめて幸福な生活の内にも、不満の暗さはあるだろう。この問題の根っこは何なのだろう。おそらく苦と快楽はコインの両面なのだろう。欲望を感じているときは、何かが欠けている状態である。欠けているからこそ、満たされたときに快があるのだ。だが私の心には、ずっと欠けたままの何か根本的な欲求不満がある。

49　苦しみの根っこは、深く複雑に入り組んでいるだろう。心理的な苦しみを精密に分析して、対処法を見つけだし、少しでも楽な気持ちで生きたいと思う。心理的な苦しみからの自由は、金では買えない幸福だろう。

50　私は、自分の求めているものを、理想状態とか調和の感覚とか深い満足などと名付けたい。それらはめったに得られるものではないが、ときには断片的に感じられることがある。大抵のときは、何か精神的に風通しが悪くて、じっと我慢しているような感じがするものではあるが。

51　現実の世界の内部に救済があるのなら、私はとびつきたいが、苦しいのはみんな同じだろう。だが苦しみつつも、生を肯定する視線のようなものはもてないだろうか。

52　自分が悩んでいる問題のポイントを把握したい。悩みなど、捨ててしまえばよいのだ。

53　苦しむことは、生きている間は必要かもしれないが、死んだ後まで苦しみたくはない。

54　ブッダの苦しみに関する偉大な真理である四諦に書かれているように、苦しみの原因を取り除けば、苦しみは終わるはずなのである。

55　労働にあえいでいることは、何か名誉なのか。

56　自分の心の中に解決していない問題がある。この問題は、金がいくらあっても解決しないようである。何が問題なのか。労働の問題なのか、死の問題なのか。心の中に問題を抱えていない人間なんているのだろうか。問題というよりは、一種の苦悩といった方が正確かもしれない。

57　現代社会のシステムでは、他人に勝つことばかり強制されるような気がする。だが負けてもいいのだろう、多分。

58　どう生きても勝手なのだが、ベーシックな価値観として何かはしていようと思う。

59　生きにくさは一生感じ続けているかもしれない。

60　文章で自分の思いを表現したら、少しだけ心が楽になった。

61　問題なのは、この生きにくさなのである。これは私の個人的な問題なのか。統合失調症の問題なのか。

62　ハイデガーにもそんな記述があったが、確かにひっきりなしにしゃべっていると、不安をまぎらわす助けにはなる。だがその不安は、本当に死の不安なのか。

63　人間は基本的には快適主義者であり、幸福主義者である。誰でもそうだろう。エアコンを真夏に使いはじめたら、やめることはできない。

64　法華経の三界火宅のたとえについて考えてみると、悩みや不安で苦しんでいる自分こそ、火宅で焼かれているようなものじゃないかと思える。

65　ニーチェは、キリスト教の思想である個人の人格の不死は究極の利己的思想だと言ったが、自分にとっては自分自身の人格の不死こそが、究極的に意味のあることである。唯物論的な思想から考えれば、自分が死んでしまえば宇宙全体にとっては、自分が存在したことなどほとんど意味のないことである。自分から見れば、自分自身の存在だけが、決定的に重要なものなのである。私というものは、私の観点からすれば、比類のないものなのである。

66　身体というものを、もっと重視した方がよさそうである。知識や情報ばかり貯めこんでいては、頭でっかちになってしまう。グルジェフによれば、身体と感情と知性を同時に発達させるのが、理想的なのである。

67　私の心には、うずくような孤独感がある。クリシュナムルティも、このうずくような孤独感について語っている。この孤独感は、強い空腹感にも似ている。他人と電話で話したり、会って話したりはするが、やはりこの孤独感は残る。人間は基本的には孤独なのだから、さみしさは仕方のないものなのだろう。だがそうわかっていても、やはり他人に何かを期待してしまうのである。

68　夜になるとうつろな思いがつのる。私の人生に欠けているものは何なのか。何か大事なものが欠けているのだ。それが何なのかどうしてもわからない。快楽も財産も愛情さえもあるというのに。これがユングの言う心の究極的な欠如感なのか。私はものすごい欲張りなのかもしれない。地上で与えられる多少の幸福では満足できず、本当の幸福を得ようと思っているのだから。だが、本当の幸福が何なのか知っている人がいるのだろうか。

69

幸福とは一体何なのだろう。私は客観的には幸福の条件を十分満たしているはずなのだが。とりあえず健康だし、働かなくても食べていけるだけの収入と預金があるし、いい人間関係もつくっている。だが人間というのは根っから恩知らずで、どれだけ恵まれていても満足できないのだろう。だが私に与えられている幸福は、地上の幸福であって多少の幸福ではある。本当の幸福などというものが地上にあり得るのだろうか。本当の幸福を手に入れるということは、途方もなく良いことなのだろう。

ひょっとしたら愛情というものが、本当の幸福に近いのかもしれない。だが現実の世界では愛情というものはいたって平凡なものではある。ドストエフスキーの言葉に、人間が不幸なのは、自分が幸福であることを知らないからだというのがある。私も現在の私の置かれている生の条件に、十分感謝してもいいはずなのだろう。

第三章　精神病院で考えたこと

精神病院で考えたこと

１　私は二〇一六年十月二十日頃に、篠ノ井橋病院という精神病院に、医療保護入院した。入院したときに荷物をチェックされ、身体検査を受け、ズボンのベルトは自殺防止のためかしまわれた。最初に保護室に入れられたが、刑務所のような感じで嫌だった。入院するくらいだから、当時の私の精神状態はブッ飛んでいた。なぜ入院したかについて、今反省すると、服薬管理がしっかりしていなかったせいだと思う。私はもう持病の統合失調症が、治ったと思っていたのである。薬を飲まなくても、統合失調症の陽性症状はもう出ないだろうと思っていた。だが統合失調症は死火山ではなかった。休火山だったのである。急性症状が再発したのである。私の思考は誇大妄想的で、他人に対してもいくらか攻撃的だった。特に母親に対してはひどかった。

２　入院当時はタバコが吸えなかったのがきつかった。それまで私は一日六十本くらいタバコを吸っていた。それが一本も吸えなくなったのだから、かなりきつかった。病院では缶コーヒーも飲めなかった。

3　病院のイメージは、入院前と一致する部分もあった。かなりひまで、サービスを一方的に受けるんじゃないかというイメージがあったが、それは結構当たっていた。

4　私は自分のことを、精神障害者としてはっきり認識してはいたが、さすがに精神病院への入院はかなりきつかった。精神病院の古いイメージが、私の中にも残っていたのだろう。

5　精神病院に入院して一日めに、X君と再会した。X君は真面目で純粋で頭がいい好青年である。将棋の腕は初段ぐらいで結構強い。以前に地域活動支援センターで将棋を指していた頃は、ダブルスコアぐらいで負かされていたので、強敵に再会したと思った。

6　今日で精神病院に入院して三週間ぐらいになる。とことん自由のない生活にはまだ慣れない。たまに家族の者と外出すると、すごく自由な気分になる。外出時の自由と幸福感はかなりのものだった。モスバーガーでコーヒーを飲んで、タバコを二、三本吸っただけなのに。

7　精神病院の作業療法は、結構楽しかった。ペン習字を少しやり、残りの時間はＳＦマンガを読んだりした。若くて美人で優しい女性スタッフが二人いて、彼女らと話すのはかなり楽しかった。

8　入院生活は、精神的にきゅうくつで大変である。とにかく自由がなさすぎる。

9　この病院には、落ち着ける場所がない。ホールに居ても相部屋に居ても落ち着かない。

10　精神病院に入院しているというと、昔の精神異常者のイメージを連想するかもしれないが、実際に入院している精神障害者は、大抵は健常者とほとんど変わらない印象である。抗精神病薬の発達で、統合失調症患者の陽性症状が改善されたためだろう。

11　現在の生活に対してプラスのイメージをたくさん持ちたいが、マイナスのイメージも結構強い。現実はひどいものだといった印象が強い。

12　入院生活のメリットもたくさんあった。タバコと酒の量が減ったり、体重が減ったりした。血圧も正常値になった。血液検査の結果もまっさらになった。

13　どこかに逃げたいとか、どこかに落ち着きたいとか、何かそんな感じである。

14　入院生活をしていると、三度の食事が一番の楽しみになる。病院食は、多分低予算なのだろうが、その割には結構うまい。〝空腹にまずいものなし〟というが、夕食の前はかなり空腹感を感じるので、夕食がかなりの楽しみなのである。

15　現実全体が絶望的な感じがするが、多分絶望する必要も理由もないのだろう。神経がまいっているので、絶望的な感じがするのだろう。

16　「現実」の世界の、荒廃した印象が私を脅かす。

17　精神病院の重苦しい雰囲気には、どうしてもなじむことができない。

18　この精神病院にいると、これ以上負けようがないくらい「現実」に負けたような気分になってくる。だがこれは私の偏見なのだろう。独身でニートの私は世間体が悪いが、本来健常者であることも障害者であることも関係がないのだろう。

19 長期間入院するんじゃないかと思って、いくぶん抑うつ的な気分になってくる。現実には半年くらいの入院だった。

20 精神病院に長期間入院すると思うと、人生の展開が面白くないと思うが、仕方がないと言えば仕方がない。

21 何か問題が解決していないような気がするのだが、その問題をうまく言語化するのは難しい。

22 私の後に入院してきたYさんと、退院したらイカの塩辛で焼酎を飲みたいとか言って楽しんだものだった。

23　こんな生活ではなく、どこかに本当の生活があるような気がするのだが、今の自分はこんな生活を続けるしかない。

24　生活全体の、何か方向性のようなものが見つかればいいと思う。

25　私は精神病院で、一見気楽な生活を送っているのだが、深海の水圧みたいな、無言の重圧みたいなものを感じるのである。自由はないのである。

26　精神病院にいて、いつもタバコのことばかり考えている私は、悟りや解脱からは相当遠いだろう。

27　こんな嫌な現実は忘れて、ひたすら酒を飲みタバコを吸っていたいのだが、入院中ではそれもできない。

28　精神病院に入院して一ヶ月以上経つが、自由が制限されているために、相も変わらず欲求不満の固まりである。

29　病院に入院して、悩みの内容は変化した。入院する前は、自分が何者であるかといったようなことに悩んでいたが、現在は病院の外に出たいと、それはかり考えている。

30　サービスをひたすら受ける立場になっても、やはり生きる苦しみはある。

31　精神病院に閉じこめられているという感覚は、相当に嫌なものである。

32　今日は迷宮の一番低い底にいるような気分である。精神病とは一体何なのか。

33　現実からも社会からも逃げ続けて、最果ての地に来たような気分である。

34　精神病院に入院しているという、一般的、世間的には明白なマイナスイメージも、多少は気になる。

35　現実から遊離せずに、現実に密着すること。自分を常になるべく客観視すること。これらをいつも心がけたい。

36　一泊二日の外泊で、確かにかなりの自由と幸福を感じた。自由がこんなにも価値のあるものだとは、入院前には気づかなかった。

37　精神病院の、気が滅入るような印象は、入院したての頃からあまり変わらない。だが一般社会の精神病院のイメージは、昔と比べるとだいぶ変わったのかもしれない。

38　外泊の許可がおりたということは、とりあえず退院へ向けて一歩前進できた感じでうれしい。

39　自分は何を求めているのか。心の平静か、人並の幸せか。落ち着いた心で問題を考えたい。問題は特にないはずだ。だが何かが物足りない。十分安楽なはずなのだが。何かが足りないと思うから、探求の旅が続くのだろう。

40　母親が退院の足を引っぱっているような気がして、ムチャクチャイライラする。

41　今日の私は、本もロクロク読めないくらい、ムチャクチャイライラしている。

42　イライラ・ジリジリはまだひどい。どうやら私は、退院にものすごい価値を認めているようだ。

43　太宰治の「ヒューマン・ロスト」ではないが、精神病院に入院させられたことで、多少の人間不信を感じるのも事実である。

44　精神障害者よりも健常者の方が倫理的・道徳的に優越しているのだろうか。多分そんなことはあるまい。

45　自分が精神病院に入院していて、しかもその入院が長期化するんじゃないかと思うと、悪夢を見ているような気分になる。だが、こういう風に、精神病院をマイナスイメージでとらえること自体が間違っているのだろう。

46　早く退院したいという思いから、焦燥感を感じる。

47　どんなに不条理に思える現実でも、結局は受け入れるしかない。

48　退院について考えすぎてしまって、どうしても焦ってしまう。

49　精神的に不安定なときや不安なときは、やはりタバコが吸いたくなる。

50　何か漠然とした不安を感じる。これは精神の病気から来るものか、それとも生きること自体の不安なのか。どうも精神の病気のためのような気がするが。

51　精神病院にいると、人の中にいるせいか、孤独と不安は忘れていられる。

52　私の直面している現実には、つくづくうんざりさせられる。精神病院に入院して、四ヶ月ほど経つのに、いつ退院できるかわからないというのも面白くない。退院したらしたで、また精神的苦痛のある生活が待っている。宗教書を読んでも、救いや慰めにはならない。

自由と幸福について

1　人はどんな条件の下でも、必ず自由と幸福を求めるのだろう。私に与えられている条件は、いいのか悪いのか自分でもよくわからないところがある。だが私は、自由と幸福をあくまでも追求したい。

2　自由や幸福などが、簡単に達成できるわけがないが、何とか生活全体に対して、プラスのイメージを持ちたい。

3　幸せを求めるのは人間の本性なのだろう。何歳になっても、〝何かいいことが起こらないか〟などと、誰でも考えるのではないか。

4　生きることの不安みたいなものを、あまり感じなくなった。求めるものは人並の快楽と幸福だけである。私の場合はかなり快楽主義的なので、人並以上の快楽と幸福かもしれないが。

5　「自由」という言葉を、何らかのイメージで表すとすれば、〝新鮮な風〟といったところか。

6　快楽と幸福の違いについて少し考えてみたが、私の考える幸福というものはほとんど快楽的なもので、本当の幸福なんて想像することすらできない。

7　幸福を理解するのは難しい。快楽を理解するのは簡単だが。だが快楽は最終的な満足を決してもたらさないだろう。

8　この現実の世界で、幸せはないかもしれないが、多少の慰めなら確実にあるだろう。

9　物質的快楽には当然限界があるわけだが、精神的に深く満足しようとするのは、すごく贅沢なことではないのか。

10　睡眠薬を飲むと、心地良く穏やかな気分になる。もとよりドラッグはまずいが、穏やかに精神に作用する幸福の丸薬を発明して、静かな心の落ち着きを味わうというのも悪くないのではないか。

11　幸福に生きることは、とても難しいことなのか。私の求めている幸福は、年に似合わず〝サムシング・ワンダフル〟なのである。目が覚めるような幸せが欲しいのである。平凡が一番幸せといっても、とるに足らないような気がするのは本当だ。

12　睡眠薬を飲むと、気持ちが楽になる。この緊張がゆるんだ状態で、小説を読むのが私のささやかな楽しみである。

13　幸せを求めることを恥じる必要はない。幸せを求めることは全く正当なことである。幸せは自分が存在することの意味とさえ言えるのではないか。

14　至福の境地は無理かもしれないが、人生全体を納得して了解できるような視点を持ちたいと思う。

15　本当の幸福というものは、すごく贅沢なものであり、地上で獲得できたら、奇跡的なことだろう。

16　希望をどこかに見いだしたいが、どこに見いだせばいいだろうか。私は陰気な性格なので、日常的現実はどこか暗く感じられる。愛とか自由とか幸福が欲しいのだが。死によって限定された日常的現実を超えるような、何らかの価値があるのだろうか。健康も富もいつかは失うのである。大抵の場合は、健康や富に執着しながら、気晴らしをすることで絶望的な現実に耐えているのではないか。私には日常的現実の内部に、何らかの希望を見いだすことは難しく感じられる。問題は宗教的な次元にあるのだろう。だが宗教的・哲学的問題は、答えのない問題なのである。私の悩みは漠然としたもので、すごく辛いわけではないがすっきりはしない。物質的次元の幸福は、いつか失われるはかないものだが、精神的次元の幸福を、どうやって手に入れたらよいのか。

17　この現実の世界に生きていると、人間は山ほど問題を抱えこむことになる。だが究極的な問題は、孤独の苦しみや死の不安といったような宗教的な次元の問題だろう。こういう苦しみは、名声や地位や財産がいくらあっても解決しないのである。本当の幸福という問題も宗教的な次元の問題である。

18　単純に安心するとか、単純に満ち足りていたりすることが、この現実の世界では最高の幸福なのかもしれない。よく人が言う平凡が一番幸せだというのも、安心してほっと息がつけるのが一番安楽だからだろう。

19　安心感を得るとか、愛情を感じるといったような人間らしい思いがしたい。それはかなり幸福なことだろう。

20　人間が本来悟った存在であるなら、真の幸福は気がつきさえすれば手に入るはずなのだが。

宗教について

1　サムシング・グレートは多分いるだろう。夢や希望は決して終わらない。

2　自分がしつこくこだわっている問題がある。宗教的・思想的な問題なのだが、うまく言語化するのは難しい。死を超えた希望があるだろうかといったような問題なのだが。

3　実体としての来世が絶対ないなどと断定できるだろうか。サムシング・グレートが存在するなら、実体としての来世もあるのではないか。

4　親鸞の「教行信証」を読んで、やはり仏教の究極的な理想は、極限の幸福であり、極限の安楽であることを確認した。

5　神も来世も絶対にないとは言えないというのが、カントの哲学の結論である。

6　老年期に近い私が希望をもつとしたら、ニーチェの本にでてくるツァラトゥストラの否定した、「死を超える希望」だろう。だがこれは、私の考えすぎなのかもしれない。

7　小阪修平は、宗教と科学は近いと言っている。

8　宗教と科学は、それぞれ死という現象に対して何と言っているか。宗教は来世と希望について語り、科学は永遠の眠りだと言っている。

9　進化論は本当に真理だろうか。

10　科学とテクノロジーの発達は、非常に魅力的ではあるが、人間の心の中にある究極的な欠如感は、科学とテクノロジーでは満たされないのではないか。ドラッグに依存するのも、究極的な欠如感を満たしたいからではないか。

11　吉本隆明の『宮沢賢治の世界』の「銀河鉄道の夜」を論じた部分から引用する。

「いま申し上げた二つのやり方が、宮沢賢治が文学作品の中で自分の中にある宗教観と文学観をどうやって結びつけたらいいかということに対する、彼なりの独特な解決の仕方だと考えることができると思います。これが宮沢賢治の形式上の解決の仕方だと思います。これは来世を信じているどんな宗教家の「死後の世界はあります」という言い方よりも、はるかに豊かなかたちで、来世はあるということを、象徴的に言おうとしていると見ることができます。」

「もう少し先までかんがえてみないと、宮沢賢治が当面した問題、つまり宗教と文学・芸術という問題をどう合わせようとしたかということはうまく解けないと思います。」

自由日記

水曜日

1 朝が来た。今日も一日が始まる。おそらく平凡な一日になるだろう。私の一日は缶コーヒーとタバコで始まる。今日もまた近所のコンビニでコーヒーとタバコを買ってきた。マンガ本コーナーを見ると、「文藝春秋」が売られている。芥川賞を受賞した小説のタイトルは、「コンビニ人間」である。私は労働体験を描いた小説など読みたくもない。文学は人間の真実を描くものかもしれないが、会社やコンビニのどこに人間の真実があるというのか。私が一番好きな小説は、埴谷雄高の「死霊」である。サルトルの「嘔吐」もまあまあ面白い。サルトルの小説の主人公であるロカンタンは、金持ちで気分障害でニートである。自由気ままに生活しながら、あまり幸せではない。私も金持ちと言えるほどではないが、ある程度の財産があり、自由気ままな生活をしている。だがあまり幸せではない。私は自分自身とロカンタンを、重ね合わせたくなってしまう。

2　私は精神障害者である。統合失調症である。この病気の特徴は、ストレスに弱いことである。私も抗精神病薬を飲むことによって、かろうじて正気を保っている。二ヶ月前に糖尿病になったのが理由で薬を変えてから、どうも調子が悪い。おそらく一種のうつなのだろう。私の精神状態を表現するのに一番ぴったりくる言葉は、精神的な酸欠状態という言葉である。

3　私は孤独感がすごく強い。私の心の痛みをまぎらわしてくれるものは他人の言葉である。そのせいだと思うが、私はかなりの電話魔である。他人と話していると、何か精神的な解放感があるのだ。私の周囲は優しい人が多くて、会話で傷つくことはあまりない。

金曜日

1　バラ十字会の雑誌を読んでいたら、「逆境こそ人生に必要なものであり、人間を磨くものだ」と書いてあった。なるほどと思った。私も統合失調症であり、人生の逆境に直面しているわけであるが、ここから道を切り開こうと思ったらどうしたら良いのか。死もまた逆境であり、それを乗り超えることによって新生が始まるといったような意味のことも書いてあった。結構励まされた。それにしても労働についてどう考えたらよいのか。私としては将来収入の道もあり、財産も十分あるので無理に労働する必要はないが、自分を表現する手段としての労働なら何か意味があるかもしれない。労働であれ趣味であれ、自分自身をうまく表現できたなら成功したと言えるだろう。

2　メンタルクリニックに通院して、うつに効く薬を増やしてもらった。心の病気に対して抗精神病薬は効果的であるが、やはり限界はある。統合失調症のパンフレットを読んだら、「病気になっても幸せになれる」と書いてあった。具体的にどうしたらよいのかは書いてなかったが。どうしたら幸せになれるのか、私にはわからない。誰にでも苦しみはある。とりあえずものすごく苦しいのでなければ御の字なのかもしれない。メンタルクリニックに電話するが、事務員の事務的な態度に多少ムカッとくる。〝こいつら本当に人の気持ちを考えているのかよ〟と思ってしまう。

土曜日

1　今日は何か、イライラ・ジリジリする。うつはだいぶよくなったが。自分の中の衝動とも欲望ともつかないものは一体何なのか。どうしたら満たされるのか。気持ちを静めるためにタバコを吸う。

2　私は生活の意味にこだわりすぎたのかもしれない。生活の一瞬一瞬を意味で埋めようとしたら大変である。だが無意味は自由なのか。

3　やはりうつのときは現実を深刻なものと感じるようだ。老病死を意識し、このまま年をとって死んで無になると思ったら、絶望的な気分になってしまった。だがうつが軽快すると、現実の深刻な印象はなくなり、明るく楽天的になれるのである。いくら信仰を持とうと思っても、うつのときはやはり現実を深刻なものと感じるのだ。現実を深刻なものと感じるのは、うつというよりもむしろ不安か。

月曜日

1　こだわりを捨てればかなり楽になれるのだろうか。だがどうすればこだわりを捨てられるのだろう。思考することによってこだわりを捨てられるだろうか。こだわりをもっていた方が人生が面白くなるという面もあるのではないか。

2　タバコを吸いまくると宣言したら、共同作業所「絶望の家」のスタッフのYさんが、肺がんになると呼吸ができなくて異常に苦しいんだと、すごく楽しそうに話していた。

3　精神的苦痛のまったくない精神的な理想状態で常に生活することは無理

なのだろうか。統合失調症の患者には無理か。それこそ仏教的には理想的な生活なのだが。

4　私は共同作業所「絶望の家」のメンバーの女性のZさんと一緒にタバコを吸ったり缶コーヒーを飲んだりして話すのが好きである。

5　私にとって現実が常に不快なのは、統合失調症のための精神病理のせいだろう。

火曜日

1　脳の健康状態は四日ぐらい前よりは良くなってきた。抗うつ剤を増やしてもらったのが良かったのかもしれない。異常に深刻な感じは軽くなった。

2　思い通りにならない現実を受け入れるのは難しい。

3　脳がオーバーヒートしないように、休み休み勉強しなくてはならない。

4　人間は、努力しなければ生きている価値がないといったような、日本人的な価値観が、私にもたっぷり浸みこんでいるのかもしれない。

5　脳の健康こそが、何よりも第一番目に優先すべきことである。

6　宗教問題が、何よりも気にかかる。人間は有限な存在なのか、永遠の存在なのか。科学的世界像と宗教的世界像は矛盾していて一致しようがないのか。本当の幸福というものはあり得るのか。

7　人生を意味だらけにする必要はない。好きなことをして、のんびりくらせばいいのだ。

8　学歴だの金もうけだの、世間の人はそんなことばかり有り難がっているわけでもあるまい。

９　統合失調症のパンフレットを読むと、統合失調症には休息とか休養がかなり重要なことらしい。

金曜日

１　なんとかして気持ちが滅入らないように、明るい前向きな元気な気分で生きたいのだが、そのための方法がよくわからない。だが精神科の医者にもらった抗うつ剤はよく効くようである。やはり私は心の重病人であるらしい。

２　楽を極めるのが仏教のテーマだとは思うのだが、何が本当の楽なのかなかなかわからない。何もしないでじーっとしているのも結構辛いものである。だが仕事は基本的にはちょっと辛いかもしれない。何を楽しいと感じるかは、ひとりひとりによってかなり違う。

3　キリスト教にこだわりまくって生きている人もいるようだが、何が絶対的真理かなんて問題に、簡単に結論がだせるのだろうか。

4　天国や浄土のような、苦しみのない理想の世界は、本当にあるのだろうか。現実の世界はやたら苦しみが多いが。

5　それにしてもこの満たされなさは何なのか。多分私はちょっとした楽しみを求めているのだ。

6　心の痛みには微妙な快楽もあるかもしれない。私の心の痛みであるうつは、あまりにも昔からの気分なので、古傷に対するような懐かしさがある。

7　脳が正常な状態に近くなってきたので、少しばかりアクセルが踏めそうである。

8　私は究極の満足などという大それたものはいいから、とりあえずちょっとした慰めが欲しくなった。

9　どうしたらいいのかよくわからない。ただ生きているだけというのも何か嫌だが。統合失調症という事情はとにかくややこしい。

10　ちょっと大変だが、これが人生だと思うしかないのだろう。

土曜日

1　脳の健康状態は多分良くなってきたのだろう。辛い感じや深刻な感じがあまりしない。だが集中できない感じがする。頭がボーッとしてしまって本に集中できない。将棋は少しは集中できるが。

2　他人に期待しすぎても仕方がないのだろう。期待された人の負担になるだけかもしれない。他人に自分を理解してもらってもどうしようもないのかもしれない。自分が辛いのを理解してもらおうとしても、グチばかり聞かされたら誰でも嫌だろう。

日曜日

1　どうしようもない現実と考えるのではなく、どうにかなっている現実と前向きに考えれば、少しは気も休らぐ。

2　私は人と会うときに、余計なことを考えすぎるから苦しくなるのかもしれない。他人と自分がどっちがより秀《すぐ》れているのかなどと考えて。

3　私が宗教に凝《こ》るのは、この希望のない、救いのない現実を何とか否定してやりたいからかもしれない。科学的現実なら確固不動だとでもいうのか。

4　正直言って、何の救いも希望も感じられない気分である。昨日辛いことがあったのだ。

5　この地上の忍耐の世界では、どんな生き方をしようとも苦しいのかもしれない。この忍耐の世界で幸せに生きようとする仏教の道は、かなり無理な道のようにも思える。だが何とか救いと希望を信じたい。

6　本当の幸せという考えが、ほとんどあり得ないことのように思えても、それでも意味があるように思えるのは、地上の普通の幸せのほとんどが夢か幻のようにはかないものに思えるからである。本当の幸せというものは、仏教の理想の境地である。

7　生きていても全然楽しくないような感じがする。生きることを楽しむためには、心の余裕のようなものが必要なのだろう。だがこの忍耐の世界で、楽しいだけの人もいないだろう。

8　ナーガールジュナは、サンサーラ（輪廻）＝ニルヴァーナ（至福の世界）と言っているが、この忍耐の世界で、本当に至福の絶頂に到れるのだろうか。

9　本当にくじけそうだが、かろうじて頑張っている。

10　私は「男はつらいよ」の、車寅次郎のように、仕事を全然しないで「つらい」とばかり言っている。

11　精神的に半病人になって、寝たきりになっていては幸せではない。元気があって、気分がよいのが幸せなのである。

12　他人から何も期待できないように、人生からも何も期待できないのだろうか。あるいは私は他人や人生に期待しすぎていたかもしれない。しかし他人からは期待できなくても、人生にはまだ期待できるのではないかという思いがある。

13　気分が悪くて、ときどき自殺について考えてしまう。そうすると少し気持ちが楽になる。

14　希望と言われる、命が生き返るような感覚は、年をとっても経験することがあるかもしれない。だが普段の日常的現実では、希望を実感することはめったにない。

15　うつ状態で生きた心地がしなかったのに、体調の変化のためか、電話相談のためか、抗うつ剤のためか、だんだんと気分が良くなってきた。心に血液が流れ、生き返ったような気持ちになってきた。

16　何もしないのも、少し不安ではある。

17　現実が深刻な感じがする。精神の病気にかからず、普通の精神をもっていたら、もっと幸せな人生が送れたかもしれない。だが他人の幸せと自分の幸せは、比べようがないかもしれない。

18　私には、人生はなかなかすっきり解決したという感じがしないのだが、酒を飲むと何かすっきりと解決した感じがするのである。これだから酒はやめられないのだ。

19　「皆仏ハウス」のKさんと依存症の話をした。アルコール依存とニコチン依存の話をしたのだが、Kさんは仕事依存の人が多いと言っていた。仕事が酒やタバコほど楽しければ言うことはないと思うのだが。

20　私には勉強オタクの肩書きがあれば十分である。

21　自分なんて本来ないというのが仏教の思想らしい。確かに競争で負ける自分も、死んでいく自分も、屈辱で身もだえする自分もないと思えば、多少は楽かもしれない。

火曜日

１　酒目標一合半。タバコ目標二箱。

２　とりあえず喰っていけるだけの金があってこれにて一件落着のはずなのだが、何か納得できない。

３　女の優しさにしがみつきたい。

４　統合失調症になって、毎日楽しそうに生きている連中が憎いとも思うが、そんなに楽しい人も多分いないのだろう。私も健常者の頃は、会社に勤めていて相当きつかったから、それはわかる。

水曜日

1　私には、苦悩のない理想の精神状態を求める傾向があるが、仏教の十界互具という考え方によると仏界の中にも地獄界があるのだという。仏の世界のような完全な至福の世界と見える世界でも、やはり苦悩はあるらしい。

2　まさにこの現実の世界は忍耐の世界である。誰でも心の底に不幸の感覚をいくらかもっているだろう。

3　私は精神的に不安定で、よく地獄のような思いをした。

4　科学技術文明の発達は多分良いことなのだろう。人間が経験する苦痛の量はだんだんと減っているようだ。だがハイテク社会は、高ストレス社会である。だから私のようなデリケートな人間は、統合失調症になってしまうのである。

５　統合失調症の患者としては、脳をいたわりいたわり使う必要がある。

木曜日

１　どういうわけか今日は素直な気持ちになった。みんなで仲良く努力しましょうというのも悪くないような気がする。作業をするのも悪くないなと思える。精神状態も悪くない。楽な、肯定的な気分である。十分睡眠をとったのも良かったのだろう。

２　ブッダは、死後のことについては考えるなと言ったが、私は死後の生にこだわっている。

３　仏教で説くところの無常とは、平凡な日常的現実もいつかは終わるということかもしれない。大抵の人間は、平凡な日常的現実がいつまでも続くように思って生きているが。

4　ニーチェは、仏教はキリスト教よりも、百倍も現実的であると言っている。

5　私も地獄的になったり、天国的になったりして忙しい。

6　統合失調症とうまくつきあうコツは、たっぷり休養をとることと、よく寝ることと、なるべくストレスをためないことである。

7　勇気をもって現実に直面すれば、老病死もそれほど恐くはないだろう。

月曜日

1　脳が緊張している感じがする。本はしばらく読めないだろう。脳が多分疲れているのだ。身体障害者の苦しみは一目でわかるだろうが、精神障害者の内面的な苦しみは、他人にはほとんどわからないようだ。人からはわからないところで苦労しているのに、遊んでいるだの怠けているだのプータローだのと言われては、たまったものではない。

2　将棋は死ぬまで続けていける趣味である。多分一生努力であり、向上であり、修行なのだろう。

3　人生の否定的な面を見つめつつ、同時に明るく楽しく元気に前向きに生きていくことは難しいだろうか。

4　仏教で悩み苦しみを解決したいが、どうしたらいいのかよくわからない。一体何に悩んでいて、どうしたら解決できるかが肝心なのだが。

5　脳が疲れていてオーバーヒート気味なのに、無理に知識や情報を吸収するのはまずい感じがする。

6　今日は一日、何もしないで脳を休めよう。もし体調と気分が良くなったら少し本を読もう。

7　ひろさちや氏は、『法華経の真実』の中で、ニルヴァーナ（至福の世界）に到達し仏になるのは、永遠に近いほど遠い先のことだと言うのだが、それまでわれわれは、三界火宅と言われるこの現象世界で、煮られたり焼かれたりされなければならないのか。

8　誠実であることは大切である。私もなるべく約束を破ったり、嘘をついたりすることなく他人に対して誠実に生きたい。

9　絵の技術なんてクソくらえみたいなことを言う岡本太郎に、私は大賛成である。もっとも将棋の技術なんてクソくらえと言ってしまっては、将棋というゲームは全く成り立たないが。

10　私は仕事にこだわりすぎる。自分の仕事をしない生き方を自分で肯定するのは結構難しい感じがする。かといって共同作業所「絶望の家」の工賃は、時給一三〇円で雀の涙である。

第四章　断片的エッセイ

自伝的イントロダクション

私は、精神障害者である。統合失調症である。二十八歳のときにコンピュータ会社に勤めていたのだが、その頃から病気の症状がでていたようだ。具体的には、仕事が遅いとか、遅刻がやたら多いとか、同僚とほとんどコミュニケーションをとらないとか、そういったことが精神障害の症状だった。社員が全員で十人の泡末会社だった。私はＭＡＲＣＨ出身だったので、入社試験のときに会社の社長に、こんな会社でもいいですかと聞かれたくらいだ。私にとっては会社の格などどうでもよかったが。給料さえちゃんともらえればそれでよかった。会社の仕事はほとんどなくて、異常にヒマな会社だった。毎日何もしないで机の前に座っているのが仕事だった。あまりにも退屈なので、私は会社を早く辞めたくて仕方がなかった。それでも何とか辞めずに半年くらい勤めた。あまりにも退屈だったので、社長に酒の席で、仕事が欲しいんですと言ったこともある。後で会社を辞めるときに、上役に、その発言がカチンときたと言われたが。もっとも全く仕事がなかった訳でもなく、コピーをとったり、ワープロで会議の内容を清書したりする仕事は、与えられたことがある。個人的にはこの清書の仕事は割合好きだった。だがワープロの仕事は遅くて、同期に入社した社員に遅れをとってしまい、このことも会社を辞める理由の一つになった。私の勤務態度は非常に悪く、タバココーナーで、長時間大量にタバコを吸っていた。そんなふうにしているうちに、ある日会社の社長に呼びだされ、勤務態度の悪さに激怒された。私は完全にビビってしまった。その頃から私には精神障害の症状がでていたのである。結局クビ同然の形で会社を辞めたのである。その頃は、精神科医に、私は精神障害者と健常者の中間くらいの症状だと言われていた。会社を辞めたのはショックだったが、こんな嫌なところへもうこなくてすむと思ってホッとしたのも事実である。だが会社を辞めたのは、私にとっては非常にショックだった。下宿にいるときに深刻な不安を感じ、すごく辛かったこともある。

ちなみに私の伯父は、スーパー金持ちである。シャガールのコレクションを持っているくらいだ。伯母からテレビを買いかえるようにと六万円をもらったが、私はその金を使って、東京から故里の長野市までタクシーで帰ってきた。六万円ぐらいかかった。

その頃から本格的な統合失調症にかかったのである。私は次第に妄想的になってきた。最初の妄想は、肉体に関するものだった。その頃毎日酒を二合飲み、タバコを三箱吸っていた。私は肉体が異常に衰えてきているのではないかと思ったのだ。次の妄想は知性に関するものだった。私は自分の知性が、平均的な人よりひどく劣っていると思うようになったのだ。同期で入社した社員が、高卒後二浪してもどこの大学も受からなかった人で、この人に仕事で負けているということは、自分がものすごいバカである証拠だと思ったのだ。妄想はひどくなり、私は現実離れしていく一方だった。主治医に、精神障害者の施設に行くように言われたことも、私にとってはものすごいショックだった。妄想がひどくなり、私は完全に精神異常者になっていった。私は自分がものすごいバカであると思いこんだので、相対的に周囲の連中は超天才だと思いこむようになった。単に超天才であるだけではなく、超能力もっているだろうと思った。更に被害妄想もあった。周囲の超天才たちが、私を将来的に地獄へ突き落とそうとしているると思うようになったのだ。そのうち妄想は極端にひどくなった。犬やネコや、更には机やコップまで、超能力をもった超天才だと思うようになった。この現実の世界の万物が、超能力をもった超天才で構成されていて、永遠の闘争をしていて、勝った者は永遠に快楽を楽しみ、負けた者は永遠に地獄に落とされると思っていた。私は完全に妄想に支配されていた。一刻も早く自殺した方が、死んだ後に苦痛が軽くなると思いこんで、川に飛びこんだことさえある。結局死にきれずに泳いで帰ってきたが。

私が妄想に支配されていた頃、私はY荘という作業所に通っていた。そこでは箱折りという単純作業をやっていたが、私はのろくてやる気がないと評価されていた。私は妄想に支配されていて、それどころではなかったのだ。工賃として千円をもらったときには、私は自分がコケにされているんだと思った。妄想状態がどれくらいの期間続いたのかよく覚えていない。一年くらいだったか半年くらいだったか、今の私には正確に計算できない。私は相当に狂っていた。おそらく精神病院に入院していたほうが良かったのかもしれない。だが私の主治医は、母によると、なるべく入院させない方針の医者ということだった。妄想からの回復期は、数カ月間一切眠らず、テレビゲームばかりやっていた。スーパーファミコンの時代だった。その頃から抗精神病薬を飲み始め、私は次第に正気になってきた。

　その頃私は、勝負というものにこだわっていた。妄想の内容が永遠の闘争だったからだろう。

日曜日

1　気分はあまり良くない。マンガを買ってくるがあまり読む気がしない。この何か面白くない感じが大問題なのだ。もっと自由と幸福が欲しい。作家で思想家のコリン・ウィルソンは、自由と幸福をテーマにして、八十冊の本を害いたが、結局コリン・ウィルソンを読んでも、私個人は自由と幸福を得られなかった。精神病院に入院して、初めて三時間くらい外出したときは、かなりの自由と幸福を感じた。この世は天国ではないのだから、毎日自由と幸福を実感して生きるのは不可能なのだろう。だが統合失調症による気分障害はひどすぎる。抗精神病薬のおかげで、極端な精神的苦痛は感じないが。

2　知的価値は真理であり、感情的価値は幸福だろう。だが現在の私には、知的価値より、感情的価値の方がずっと重要のような気がする。統合失調症の気分障害で、いつも苦しんでいるからだ。病気の苦しみは、宗教や哲学にいくら凝《こ》ってても解決しないだろう。その苦しみに耐え続けるしかない。

3　今日の私は精神的にいくらか乱れているようだ。攻撃的になっている。落ちついて、真面目に努力できればいいのだが。

4　若い頃は、学問や芸術に、本当に憧れをもっていた。

5　私は考えすぎるのが欠点のようだ。

6　私が真面目に努力する対象となると、本を読んで勉強することになってしまうのである。

7　「新ナニワ金融道」というサラ金もののマンガを読んでいると、私は本当に世間のことを知らないと思う。

8　統合失調症の陰性症状も、結構ひどいものである。音楽も聞きたくなくなる。映画も見たくなくなる。マンガも読みたくなくなる。とにかく意欲がなくなってしまうのである。

9　気分障害があって何もできない。じっとしている時間が、すごくもったいないような気がする。時間があるなら勉強に使いたい。

10　普段いつも不安で苦しんでいるから、ほっと一安心できると極楽なのである。

11　精神科医は、心の痛みがどの程度なのか、どこまで感情移入できるのだろうか。

12　人間は何歳になっても、楽が大好きで苦が大嫌いなのである。

13　つくづく安心したい。精神的に元気になって本が読みたい。

14　一瞬一瞬快楽を追いかけ、精神的に落ちつかない人間に、悟りなど開けるわけがない。

15　五十三年間の半生を通して、本当の精神的光明を見たことは、一度もなかった。

火曜日

1　寝て起きたら、気分はいくらかましになった。私は大体朝は体調が良いのである。寝ている間に、脳にセロトニンがでるのかもしれない。早朝に本が読めそうである。私の価値観では、読書は大事なことなのだ。今日は将棋の日である。長野市の権堂に将棋クラブがあって、月曜日に開いているのである。将棋はかなり面白い。私の将棋の腕は初段ぐらいである。権堂の将棋クラブでは、月に二回くらい女流棋士がやってきて、アマチュアと対局する。

2　朝から立て続けに五、六本タバコを吸う。私はヘビースモーカーなので、一日タバコを六十本くらい吸う。

3　気分が悪いのは、結構嫌な問題だ。私は生きたままパラダイスへ行きたい。

4　生活全体に、カオスみたいなものを感じている。自分にとって、精神的な秩序を与えてくれるものは、タバコなのである。タバコをうつの中の光だと言った精神障害者もいる。

5　麻薬中毒患者やアルコール依存症の人が誤解しているのは、薬物をやれば天国へ行けると思っているところだ。もっとも中毒患者は、ドラッグが地獄落ちなのを、百も承知なのかもしれないが。フランス人仏教僧侶のマチウ・リカールは、薬物は人工楽園ではなく人工地獄だと言っている。薬物による至福感は限界があって、絶対に苦が残るのである。

6　クソ真面目な人と、いい人は違う。クソ真面目な人は、聖書にでてくるパリサイ派のように、優しさのカケラもないかもしれない。

7　真面目に努力したいのだが、意欲と集中力がない。かといってじっとしているのも辛い。人間は元気があって、やる気があって、努力しているときが一番幸せなのである。

水曜日

1　今日も体調はいい。統合失調症の気分障害は地獄である。私の頭脳は、ジプレキサという抗精神病薬と相性がいい。ただジプレキサには太りやすいとか、血糖値が上がりやすいといった副作用があるため、糖尿病になると使えなくなってしまうので、血糖値が上がらないように気をつける必要がある。

2　日本人には、労働を神聖視する価値観がある。これは神道に由来するものらしい。この伝統的な価値観と、近代資本主義の生産至上主義が結びついて、モノと金であふれる現代日本社会ができあがったのである。

3　精神病院で半年間ペン習字をやったが、私の悪筆は改善されなかった。

木曜日

1　私はとにかく不安だ。しかし何が不安なのかよくわからない。以前は死ぬのが不安なのかとも思ったが、それも違うようだ。統合失調症の陰性症状のせいかもしれない。私はとにかく安心したいのである。経済的な不安はないのだが。

2　単純作業の倫理はお断りだ。

3　ひきこもりは悪か。

4　統合失調症という致命的な弱点をもっていると思うと、絶望的な気分になる。

5　私は閑人なので、家で哲学や物理学の本を読んでいる。哲学や物理学を極めたいとは思うが、能力の壁はどうしようもないかもしれない。

6　全くの無為は、私にとっては精神的に苦痛だ。

7　価値観と倫理観は、密接に関係している。価値観が個人的なものなら、個人的な倫理観があってもいいはずだ。

8　私は社会からの承認が欲しいのだろうか。社会からの承認なんて、他人からちやほやされて喜ぶような、その程度のものではないだろうか。名声欲なんて、その程度のものではないか。

9　統合失調症は、さまざまな病気の中で、一番イメージが悪い病気ではないだろうか。

10　趣味人生も、何だかつまらなくなってしまった。

11　酒やタバコが真の幸福を与えないように、名声・地位・財産も、真の幸福を与えないだろう。欲望を満たす幸福は、真の幸福ではないのである。

12　現在の私は、人生をあまり楽しんではいない。

金曜日

1　私はひきこもって家で本を読んでいるのも結構好きだが、現実と接触すること、社会にでること、現実的に行動することも、気分転換には良いということがわかった。

2　私が結構幸福感を感じるのは、本当に小さなことでも、思いがけずいいことがあったときである。この思いがけなさというのが、結構大きいのである。

3　私は基本的に男があまり好きではなくて、女が大好きである。私は結構おばさんが好きである。女の人の優しさや温かさに触れていたいのである。ゲーテの「ファウスト」の最後の文章に、永遠に女性的なるもの、我らを引きて昇らしむという言葉があるが、この永遠に女性的なるものが、魅力的なのである。

4　人間はどんな幸福でも、慣れれば当たり前と感じてしまうのではないか。天国に幸福があるとすれば、当たり前と感じない幸福だろう。

5　体調不良で何もできないんだと思いつつも、本当は自分に負けているんじゃないかと思ったりもする。

6　どう考えても助からないような、絶望的な感じがする。やはりうつである。何もしないで家にいることほど辛いことはない。人間にはどうしても気晴らしが必要である。

土曜日

1　今日はあまり体調がよくない。うつっぽい気分である。哲学や物理学の難しい本は読めない。こんな体調不良にしょっちゅうなるから嫌になる。無為にしているのは辛い。マンガならかろうじて読めるが、こんな体調不良の日は、音楽を聞くのも映画を見るのも嫌になる。タバコを吸っているだけの、本当に惨めな一日だ。地域活動支援センターの、優しい女のスタッフと話すのだけが楽しみである。ただ体調の波は一日の中にもあって、上向いてきたりすることもあるが。今朝は気分が悪かったので、朝酒を飲んでしまった。

水曜日

1　朝起きたときは体調（気分）が良かったのに、八時頃からだんだんと具合が悪くなってしまった。朝酒が良くなかったのかもしれない。私の幸福感は、気分が良いかどうかに左右される。気分が悪いときには、無為の時間を過ごすことになる。何もできないときには、自己評価もかなり低くなる。

2　私の悩み苦しみは、多分余計なものだったのだろう。現実に即して、現実的・具体的な問題に集中すれば、余計なことを考えている閑もなくなるだろう。

3　ニルヴァーナ（仏教の理想の世界）は、唯物論者の考えるような、死後の虚無とは違うだろう。

4　五木寛之氏は、努力してもしなくても、人生の価値は同じようなものだと言っていた。

5　フランクルは快楽や幸福は人生の内容ではないというようなことを言っているが、私は苦痛が嫌いである。人生に内容があって、なおかつ快楽や幸福もあるのが一番いいような気がする。

6　いくつになっても、新しい朝を迎えるような希望をもちたいものである。

7　地域活動支援センターに行っても、何もないことはわかっている。会社に行っても苦労するだけだろう。その何かが問題なのだが、生き甲斐とも、〝サムシングワンダフル〟とも違うかもしれない。

8　あるキリスト教神学者は、キリスト教とは待つことだと言った。一体何を待っているのだろう。お祭りのような楽しみとも、〝サムシングワンダフル〟とも違うような気がする。じっと待っている何かが何であるかが大問題なのである。その何かは、くだらない飲酒などとは比べようもないくらいすばらしいことなのだろう。

9　年をとると平凡な日常生活が大事に思えてくるので、ものすごくいいことが起こっても困るような気がする。

10　人生の苦労を三分の一に、幸せを一・五倍にしたい。

11　私はいつも体調が悪くて、普段はほとんど寝たきりになることが多い。

12　本当の幸せというものは、激しいものではなくて、むしろ静かで穏やかなものかもしれない。

木曜日

1　私の感じている苦しみは、生きる苦しみか、それとも精神病理か。今日は生きることの辛さ、痛さ、厳しさみたいなものを感じた。仕事もしないで生きることが辛いなどと言っている私は、単にグチを言っているだけかもしれない。だが仕事をしていなくても、やはり生きることの悩み苦しみはある。仏教は、精神病理は対象外のようだ。たしかにお経を読んで精神病が治ったという話は聞かない。精神病は薬物とレクリエーションで、だんだんと良くしていくしかなさそうだ。今日の午前中と午後二時半ぐらいまでは、生きる辛さや孤独などを感じた。だが二時半から、将棋ボランティアのXさんが来て、その人と将棋を指すことによって少し気分が良くなった。やはり私に必要だったものは気晴らしだったのだろう。個人的にはアルコールが、私には気晴らしになる。酒を飲むと地獄から極楽に来たようだ。

2　私のことも端から見て、かなり幸福だと思う人もいるだろう。だが私自身は、本当の幸福から百兆キロメートルも離れている感じだ。

3　労働のありがたみというのもあるかもしれない。とりあえず考えすぎずにいられるし、体をてきぱき使えば気分も良いし、人の役に立っているという実感もあるだろう。

4　私は精神障害者だが、社会復帰が最終目的なのではない。最終目的は、気楽に生きることである。

金曜日

1　今日はものすごく恐い夢を見た。ナチスのユダヤ人虐殺の強制収容所のあとにいる夢で、どくろがたくさん積み重なっていて、納骨堂のようなイメージだった。どうも精神状態が良くないようだ。睡眠時間も少し短くて、どうも具合が悪い。昼間は精神状態が悪く、夜は悪夢を見たのでは、踏んだりけったりである。こんなに恐い夢を見た後では、もう一度寝る気にもならない。

2　他人の内面を理解するのは難しい。仕事の精神的苦痛は、比較的感情移入しやすいが、その他にどんな生きる上での悩み苦しみをもっているかはなかなかわからない。統合失調症の病苦に感情移入するのは、かなり難しいだろう。

3　生きている間には、幸福の問題にも、生死の大問題にも、答えは多分見つからないだろう。大抵の人間は、人生は不幸なのが当然であって、死んだらすべてが終わりだと思っているのかもしれない。

4　自分の抱えている問題を、うまく言語化するのは難しい。だが自分の中に、悩み苦しみがあるのは確かである。多分脳の病理が苦しみをもたらすのだろう。体調はだんだんと良くなってきた。昨日よりも今日の方が楽である。さっき抗精神病薬を飲んだので、もう一時間ぐらいすれば、少しは楽になるだろう。長いこと仏教にこだわってきたが、精神病は仏教の対象外であるようだ。精神的苦痛を軽くするためには、薬を飲んで、じっと休んでいるのがいいだろう。悩み苦しみを抱えていると、他人に頼りたくなることもある。だが他人も多分自分の問題で精一杯なのだろう。自分の悩み苦しみは、自分で解決するしかない。幸い経済的な問題は解決できそうなので、自分の内面の問題を中心に考えればいい。多分適度な気晴らしが必要なのだ。

土曜日

１　年をとり、病気になり、死ぬという人間の運命をあらためて考えてみると、生というものがかなり不気味なものであることを実感する。こういう思考が、ネガティブな思考なのかもしれないが。こういう不気味な現実を直視しつつ、そこからの救済を求めるのが本来の仏教なのだろう。

２　とにかく何かをしなければ、人生がほとんど意味がないような気がして、少し焦る。

火曜日

1　今日は割合明るい気分で過ごせた。私の場合は気分の明暗が幸不幸と直結するような気がする。今日の幸福度は六十五点ぐらいか。友人と電話で話したら、幸福度六十点なら御の字と言われた。

2　竹田青嗣氏の「欲望論」を読んでいる。非常に博識な本であり、哲学的思考も精密である。ただ、読んでいて思ったのは、どれだけ哲学的に精密に思考しても、それが本当の幸福や、生死の問題の解決をもたらすものではないんじゃないかということだった。私の場合は、宗教的世界像にこだわっている。西洋の哲学者は、救いや慰めを求めるというより、仕事として思考している感じがする。だがまだ全部読んだわけではないので、この本には期待がもてる感じがする。自分の内面的問題をうまく言語化して、整理すれば、幸福度も上がるんじゃないかという気がする。この本はその目的のために、案外役に立つかもしれない。

3　私には精神的弱さがあるかもしれない。いつも慰めを求めているような感じがする。もっとも誰でも苦痛よりは快感を好むだろうが。

4　宗教は、地獄を考える点が好きになれない。地獄で焼かれている人がたくさんいると思ったら、天国にいてもあまりいい気持ちはしないだろう。

5　個人的には、私は宗教的ロマン主義者である。シュライエルマッハーの哲学書などが、結構楽しく読めるかもしれない。私的には、自分が救われる可能性を、どこかに確保しておきたいのである。

6　苦しいことがあっても、そのこと自体に価値があると思ったり、将来の快楽や幸福を期待できれば、何とか耐えられそうである。労働などはその典型かもしれない。

7　竹田青嗣氏の「欲望論」という本を読むと、世界があり、自分があるという一見単純な問題に複雑なものを見いだしているという感じがする。柄谷行人氏によると、単純なものに複雑さを見いだしていくのが、考えることだという。

8　現在の私には、特に深刻な大問題はない。経済力は一応あるし、ガンのような致命的な病気にかかっているわけでもない。問題があるとすれば、タバコの吸いすぎによるガンの危険ぐらいである。

S病院デイケアに通いながら思ったこと

1　とにかく等身大の自分を見つめることが大事だ。現実から遊離せずに、自分を客観視できなければならない。Ｓ病院入院前後の自分は、現実から遊離し、自分を客観視できないでいた。そんな気がする。だが健常者でも、自分で自分を客観視するのは、結構難しいだろう。ましてや精神障害者の自分が自分を客観視するのは、かなり難しいかもしれない。ソクラテスの言葉に、自分自身を知れという言葉があった。

２　私は考えすぎるのかもしれない。余計なことを考えすぎて、自分で自分を追いこんでいるのである。

３　弟に、私は要求水準が高すぎるんじゃないかと言われたことがある。確かにそうかもしれない。私は若い頃から理想と現実のギャップに苦しんできたようなところがある。だからこそ等身大の自分を見つめることが必要なのである。

４　Ｓ病院のデイケアに参加すると、不思議な幸福感を感じる。気分が明るくなって心地良いのである。近所の地域活動支援センターに通っても、そんなにたいした幸福感はない。

5　今日は「現実」というものから、ひたすら逃げ去りたい気分である。ひきこもって酒でも飲んで眠って夢でも見ていたい。

6　あるがままの自分で十分いいような気もするが、本当にいいかどうかはわからない。現実と自分を変えたいような気もする。

7　宗教問題を、自分なりに突きつめて考えて、自分なりのある程度の答えをだしたい。

8　人によって悩むポイントが違うので、お互いに理解しあうのは難しい。それでも対話を深めれば、ある程度は理解しあえるだろう。

9　生きることの不安みたいなものを、今日はあまり感じない。気持ちが楽である。一般的には、生きることの不安のようなものを、若いうちはあまり感じないのではないか。

10　現在の自分は、全体的に見ればやや苦しんでいるのだが、抗精神病薬が効いてきたためか、少し楽というか、幸福な気分である。

11　苦しみは人生に必要なものだと思うこともあれば、どうしても幸せになりたいと思うこともある。

12　精神病院に入院しているときは、退院にこだわりまくったが、いざ退院してみると、特に自由や幸福が増えたわけでもない。むしろいくらかつらくなっているぐらいである。

夢とロマンについて

1

若い頃には、高学歴の世界は、光の世界であるというイメージをもっていた。高学歴に、かなりのプラスのイメージをもっていたのである。具体的に言えば、京都大学を出てノーベル賞をもらうといったような。それに対して、一般的な、単純作業的な労働の世界は、闇の世界のように思えた。ヘッセの「車輪の下」でも、主人公が、エリート校出身ではない、一般的な労働の世界を暗い世界と感じるといった記述がある。

だが自分がこの年（五十三歳）になってみると、光の世界も闇の世界もないと感じるようになった。あるのは現実だけだ。現実の世界そのものには光の世界も闇の世界もない。私は精神障害者で、仕事をしていなくて地域活動支援センターに通っているが、別段闇の奥にいるわけでもない。だが、一般的な価値観から見れば、暗黒の世界にいることになるのだろう。精神病院に入院したこともあったが、昔のイメージなら、闇の奥のそのまた奥にいるというイメージだろう。今ではだいぶイメージが変わったかもしれないが。

私自身はそこそこのレベルの大学出身で、同級生は大抵の人が一部上場企業に入社したが、私個人は大企業に勤める気はしなかった。私は哲学者になりたかったのである。それが私の夢とロマンだった。結局挫折したが。

一般的な価値観というものは確かにある。最低レベルが働くことで、その上が名声や地位や財産があることで、トップレベルが、何らかのジャンルでメジャーデビューすることだろう。だが絵でも音楽でも本でも、他人に評価されたり、売れたりすることが全てなのだろうか。そんなことよりも、自分で納得できる作品を作ることのほうが重要なのではないか。本にしたって、肩書や知名度があっても、内容のない本があるかもしれない。

2　人間には誰でも私的幻想（夢やロマン）がある。私個人にしたって、私的幻想があるからこんな文章を書いているのである。だが私的幻想が共同幻想として認められる人間は、全人口の〇・〇一パーセントぐらいだろう。私個人にも確かに私的幻想がある。小説を書こうなんて思うぐらいだから。一般社会で働いて、どんなに私的幻想を抑圧しているように見えても、やはり私的幻想を完全に捨てることはできないだろう。夢やロマンは宝石のようなものである。

夢とロマンと精神障害

1

若い頃は誰でも、一度は夢やロマンをもつのではないか。若い頃の私にとって、夢やロマンの世界は、まぶしい光の世界のイメージだった。かつて少年の頃の私は、自分がまぶしい光の世界へ行けると信じていた。だが大人になってからの私を待っていたのは、精神病院に入院するという現実だった。精神病院のイメージも、昔の社会に比べたら多少はよくなったのかもしれない。精神病院に入院していた頃は、現実からも社会からも逃げ続けて、最果ての地へ来たような気がしたものである。現実の自分は、暗黒の極地の世界にいる。世捨人なら世間のイメージはまだいいが、精神障害ではイメージが悪すぎる。犯罪者よりはまだましだろうが。精神障害者と健常者の結婚はまれである。

2

他人の自分に対するイメージは、精神障害者だろうか。私は抗精神病薬を飲んでいる限り、健常者とほとんど変わらないイメージを与えていると思う。入院前の私は、統合失調症が治ったと思いこんで、抗精神病薬を飲んでいなかった。その頃の私は、周囲に相当ブッ飛んだ印象を与えていたようだ。

3

労働を神聖不可侵とする一般社会の価値観から判断すれば、精神障害者はほとんど人間失格であるかもしれない。だが大抵の精神障害者は、就労を目指して作業所に通っている。人間失格なのは、はなから働く気のない私のような人間だけかもしれない。

4　光の世界のイメージは、マスコミである。新聞やテレビは、いかにもまぶしい光が射しているイメージである。若い頃のドストエフスキーも、処女作が評価されて名声を得、てんぐになっていた。有名人というのは、いかにも光が射していそうなイメージである。

5　精神障害者（統合失調症）の患者が、自分が現実から遊離していることを自覚するのは難しい。入院前の自分も現実からかなり遊離していた。だが入院前の自分も、多少は病識があった。自分が現実から遊離していることを多少は自覚していたのである。

6　自分はなるべく楽をしてくらしながら、何とか社会に認めてもらうという夢のようなことを考えているのかもしれない。

7　夢とかロマンがかなうとはどういうイメージか。マスコミにプラス・イメージで登場することか。

8　光の世界とか闇の世界とか書いてきたが、すべてはイメージの問題であり、幻想の問題である。現実には光の世界も闇の世界もないかもしれない。「現実」それ自体が幻想の産物という理論もある。

自分を知ることと夢とロマン

1　とにかく社会に認めてもらいたかった自分がいる。

2　村社会では、ちょっと何かができるとすごい感じがする。

3　夢とロマンは光の世界のイメージである。マスコミにプラス・イメージで登場すれば、いかにも光の世界といった感じがする。地域活動支援センターと作業所は、闇の世界であり、底辺の世界といったイメージである。自分は結局精神病院という底辺のそのまた底辺の世界へ行ってしまったが、あの最底辺の世界が何かなつかしい感じがする。もう一度入院したいとは思わないが。

4　人間は自分の心の中にひそかに一番大切なものをもっている。それが夢とロマンである。光の世界のイメージである。クリスタルキングの「大都会」でも「こんな俺でもいつかは光を浴びながらきっと笑える日がくるさ」と歌っている。自分の場合はそんな日は絶対に来ないが。

5　田舎に住む人間にとって、都会はまぶしい光の世界のイメージである。さらにヨーロッパとアメリカは、究極の光のイメージである。

6　美人とかブスもイメージの問題であり、要するにすべてはイメージの問題なのである。

7　自分は五十三歳でどうしても社会に適応できない。

8　精神病患者には、ロマン派が多いような気がする。

9　現実に適応するためには、自分の中の一番大切なものを、ズタズタに切り裂かなければならないのか。しかし現実とは何か。必死になって会社に就職すれば、見えてくる現実というものがあるのか。経済的に恵まれた精神障害者には一生現実は見えないのか。

10　自分には異常に非常識な面がある。

11　自分が社会に与えるイメージは、頭でっかちのおぼっちゃんである。

12　ロマンチックなアウトローはかっこいい。「あしたのジョー」は説明する必要はないだろう。「天牌外伝」は、麻雀打ちのアウトローのマンガである。「真剣師小池重明」は、将棋のプロを相手に、勝率八割だった、伝説的な賭け将棋指しの伝記である。まあ小池重明はそんなにかっこ良くはないかもしれないが。

13　入院前の自分はかなり現実離れしていたが、自分自身を自覚している部分もあった。自分がハイになって、他人に対して攻撃的になって迷惑をかけていることはわかっていた。だがそういう自分を、自分ではどうしようもなかった。

14　ロマンを追い続ける人間は、ある意味バカである。まあそんな人間でも、周囲にそんなに悪いイメージは与えないだろう。あるいは、金のために生きる人間よりは純粋なところがあるかもしれない。

15　自分を客観視するのは難しいが、他人には鏡のようなところがある。

16　精神障害者の人生は、現実を思い通りにすることをあきらめる人生だが、ある意味非常に気楽な人生である。ある意味わがままが通りまくるので、そういう意味では思い通りになった人生かもしれない。

17　私が他人に与えるイメージは、焦っているとか疲れているというイメージである。

18　入院前は自己イメージにこだわっていた。自分を精神障害者ではないと思いたかったのだ。だが現実には思考が混乱し、現実というものを見失っていたのである。

自由エッセイ

1　究極の至福という観念を私は仏教から得たのだが、あまりにも観念的な感じがする。現実の社会では、労働しなければ、普通は生活できないし、老病死の苦悩もある。アルコールを飲むと究極の至福みたいな感じがするが、ブッダは酒を飲むなと言っている。大乗仏教では、究極の至福というものは、永遠の理想であるようだ。創価学会の会員である友人は、絶対的幸福という言葉を使っていた。絶対的などというと難解な感じがするが、まあ究極の至福とほとんど変わらないだろう。チベット仏教では、完全で純粋な幸福と言っている。現実の世界では、そこそこ幸福なら御の字だろう。

2　創価学会の人たちは、無限に続く大ロマンを楽しみたいのではないか。

３　人生で一番大切なものは、福祉のような、弱者に対する優しさだろう。あとは心の悩み苦しみを解決するための仏教とか。要するに人生の身とフタのようなものである。そういったものが死を乗り超える希望につながるのではないかと思うのだが。

現実と理論

１　現実は無限に複雑である。

２　理論は抽象的なものなので、現実の一面をとらえる。

３　現実と理論の一致が、真理（仮定的）である。

4　現実は無限に複雑なので、現実を正確にとらえようとすると、ものすごい量の理論ができる。

5　哲学では伝統的に主観と客観の一致が真理であると考えたが、物理学でも現実と理論の一致が真理である。

6　理論が超精密になると、知らない現実を予測できる。ブラックホールの予言のように。

体で考える

将棋の米長邦雄が、頭で考える人間は、体で考える人間には勝てないと言っていた。野党が自民党に勝てないのも、頭で考えているためだと言うのである。正直に言って、私自身、体で考えるということはどういうことなのかよくわからないが、とにかく体で考えることは重要に思える。

ニーチェも、身体は意識よりもはるかに偉大な理性なのであると「ツァアラトゥストラ」の中で言っている。この問題は仏教にも通じると思える。仏教書をたくさん読んで、仏教の問題を知的に理解しても、それだけでは慰めは得られない。仏教学者の玉城康四郎博士も、頭脳的思惟には限界があって、全人格的思惟でなければ、真理に近づけないと言っている。神秘思想家のグルジェフも、知性と意志と感情の、三つのセンターを使って理解するのが本当の理解だと言っている。

頭脳がどんなにシャープでも、知性だけでは本当の真理はわからず、ただの頭でっかちになってしまう。体を使って考えてこそ、本当の真理がわかり、慰めも得られると思う。

精神障害者であることについて

私は精神障害者である。統合失調症である。この事実はものすごいハンディキャップである。労働もできず、結婚もできない。もっとも精神障害者でも、労働している人も結婚している人もたくさんいるが。現実も自分も変えたいと思ってもどうしようもない。もっとも私にも恵まれている点はある。たまたまついていたせいで金には困らないし、時間も十分にある。だが世間体はメチャクチャ悪い。労働はもともと大嫌いなので、労働しなくてもすむことはありがたいが。

だが「現実」に負けた感じがするのも事実だ。要するに現在の生活は割と安楽なのだが何か面白くないのだ。「現実」に勝った人間とは、大企業の社長みたいな人間なのだろうか。何か面白くない現実だが、現実には勝てそうもない。だが世間体や面子を気にせず、個人的なテーマを見つけて、それに向かって努力するしかないのだろう。

私には人生が悲劇的なものだという感じがしないでもないが、神仏が実在すれば、ハッピーエンドがあり得るわけであり、そういう意味では人生は喜劇かもしれない。

私の抱えている問題について

私には問題意識がある。うまく表現するのは難しいが、当たり前のことを当たり前に受けとれないみたいな。私は精神障害者であるが、精神障害者なりに平凡な日常的現実を生きている。長時間ではないが一応それなりに社会的生活を送っている。私の周囲の精神障害者も、デイケアのスタッフもごく平凡な日常的現実を、当たり前のこととして受けとっているようだ。

だが私には物足りなさや不安があるのだ。私にとっての問題がどこにあるのか、自覚するのも難しいみたいだ。だが他人には、他人固有の悩みがあるのだろう。私は生活苦がないという恵まれた状態で過ごしているため、抽象的・観念的な問題意識をもったのかもしれない。だが私には私固有の悩みや問題意識があるため、他者は日常的現実に安住しているようなイメージをもっている。もちろんサラリーマンは楽ではないだろうが。

孤独について

1　人間は本質的に孤独である。自分の生き方は自分で決めるしかない。他人は、アドバイスをしてくれるかもしれないが、自分の問題は自分で解決するしかない。人間はなぜこんなに孤独なのだろうか。基本的には言語というものに限界があるからだろう。

2　他者に依存する心理は、確かにある。長時間電話をする若者や、新宗教にはまる人は、多分かなり他者に依存しているのだろう。私も人のことは言えない。私の心には根っこにかなりの孤独感があって、電話魔になったりもする。だが人間の心の究極的な欠如感みたいなものを、うまく言語化するのは難しい。

自分とは何か

自分とは一体何なのだろうか。大人になったら社会の中で一定の機能を果たしている自分を、本当の自分と考えるのではないか。だが職業がその人の本質と言えるだろうか。私個人は統合失調症という持病があって、社会の中で一定の機能を果たすことができないのだが、最近の私はそのために、非常に自己否定的になっていた。精神障害者の世界では、人並に働いている人間が超エリートなのである。私は長いこと自分の直面している現実が、恐ろしいほどバカバカしいと感じていた。だがどんなにバカバカしくても、現実は現実である。だがこの現実を突破するということはどういうことなのか。単純作業を積み重ね、障害者雇用枠で働くというのが、現実を突破するということなのか。

幸福について

1　私はいくつか幸福論を書いたが、現在十分に幸福であると思う。大きな精神的苦痛はない。だが深い満足を得たいと思う。

2　夢とかロマンとか理想を現実に生きている特権的な人たちは、自分のことをどう感じているのか。何か深い満足があるのだろうか。

3　とりあえず大きな苦痛のないことが幸せなのだろうか。もっと強烈な、エネルギーの充実のような幸せはないか。

４　ちょっとしたいいことがあると、何かすごく救われた感じがする。

５　私は自分のことを知的なタイプと思ってきたが、どうやら感情的なタイプであるようだ。幸福と不幸とか、快と不快などが、最大の問題なのである。

６　私は現実を暗いものと感じがちである。光が、照明が必要である。この暗い現実に光をもたらすものが愛だろう。シモーヌ・ヴェイユは、愛は光であると言っている。だが人間関係が光をもたらすとまで、正直に言って私は言いきれない。他人がそんなに信用できるだろうか。

７　自分の抱えている問題を、うまく整理できればいいのだが。経済問題は、とりあえず解決している。恋愛問題はあきらめることで整理できる。

残るのは心理的な問題である。欲求不満とか不安などの心理がある。不安はどうしようもないだろう。だが現在の自分は十分人並に幸せだと言えるだろう。労働する必要もないし。それでも本当の幸せが欲しいと感じる。

8　文明の努力は、苦痛を減らす方向に向かっている。

9　哲学者のボエティウスは、人間にとってはわずかな苦痛も大問題だと言っているが、そのことを考えれば、人間は誰でも自分に対して相当に甘い面をもっているのかもしれない。

10　キリスト教は、生きることの厳しさや痛さや辛さをあまり和らげてくれるものではないらしい。死後の幸福に最大のアクセントが置かれているらしい。仏教は生きることの厳しさや痛さや辛さを和らげてくれるはずなのだが、私にはそのための具体的な方法論がよくわからない。

11　本当の自由とは、好き勝手に生きることではない。好き勝手に生きることは、単に欲望を満たし、快楽を得ることである。本当の自由とは強烈な目的意識をもつことである。強烈な目的意識をもてば、エネルギーは充実し、そこから喜びを得ることができる。この喜びを実感することが本当の自由なのである。

12　バカボンパパの「これでいいのだ。」みたいに、人生に対して調和と肯定の感覚をもてることが、一つの大きな幸せなのである。ニーチェも苦しみに意味を見いだすことができれば、ほとんどどんな苦しみにも耐えられると言っている。

13　仏教もキリスト教も、共に本当の幸福を目的にしている点では同じである。方法論や価値観や世界像はだいぶ違うが。

14　ドラッグにせよ抗精神病薬にせよ、薬物によって快楽や精神の安定を得るのは、ドーパミンが出るからだろう。だがそれは真の幸福ではない。

15　仏教が重要なのは、それが人間の不幸と幸福を問題にするからである。だが仏教の知恵を自分自身にうまく生かして、どうしたら幸福に生きることができるのかは、難しい問題である。やはり知識だけでは限界があるのだろうか。修行をするのは無理だとしても、生活態度や考え方や価値観などを変えて、より幸福に生きる方法はないだろうか。仏教に縁のない人でも、自分のもっている知恵を使って、より幸福に生きられるようにと一生懸命に生きているのだろう。

16　人間にとって重要なことは、ほがらかなことや気持ちが明るいことや穏やかであることなのである。とりわけ重要なのは、未来に希望がもてるかどうかである。名声や地位や財産をもつことは、未来に希望をもつこととは関係がない。

17　現実が少しでも思い通りになると、かなりうれしいものである。たとえば私の場合だったら、将棋で強敵に勝つようなことでも。

18　今日は雨が降っている。地域活動支援センターにも行く気がしない。ひきこもりは、本来私の性格には合わないのだが。私の幸福の感覚は世界が広がっていく感覚であり、不幸の感覚は世界が狭くなっていく感覚である。

19　私は精神病院から外出したら、かなりの自由と幸福を実感したが、このことは、コリン・ウィルソンの言う自由という問題の逆説と関係があるように思える。どんなに自由と幸福に恵まれていても、当たり前だと思うと、ありがたみがなくなってしまうのだ。だが日常的現実を送りながら、自由と幸福が実感できたらすばらしい。自由と幸福は緊張からの解放とも言える。危険にさらされて、そこから回避できたときでも、かなりの自由と幸福を実感できるだろう。

20　S病院のデイケアに行くと、割と明るい気分になって楽観的になれる。精神衛生にはよい。人間はやはり元気で明るく前向きなのが一番幸福なのである。社会との接触も重要である。

21　十分に財産があって、自由時間がたっぷりあって、客観的な幸福の条件はたっぷり満たしているはずなのだが、私には統合失調症の気分障害があって、主観的には結構不幸なのである。

22　仏教的に考えると、苦痛には特に価値はないだろう。ゴータマ・ブッダは、苦楽中道を説いたが、この場合の苦とは、真面目に努力するという意味のようだ。ゴータマ・ブッダは、苦楽中道で、ある程度苦痛に価値を認めたが、人間はある程度の緊張感をもって生きなければならないということだろう。仏教は、生きる苦しみをなくし、最高の幸福を追求する宗教なのである。ただ仏教は、欲望のコントロールは重要だと考えているが。

23　統合失調症の気分障害で苦しんでいては、真の幸福も何もあったものではない。

24　私のような色々な意味で恵まれている人間が、自由や幸福を実感しないとしたら、とんだ恩知らずだろう。

25　私の感じている幸福も不幸も、両方ともごく平凡なものである。多分私はどちらかと言えば幸福な人間なのだろう。

26　私は若い頃は特権的な幸福について夢想していたが、この年（五十三歳）になると、結局人生にあるのは平凡な幸福だけだと思うようになった。

27　精神世界や、仏教の初心者は、真の幸福のイメージが正確にはもてないかもしれない。多分もてないだろう。ゴータマ・ブッダは真の幸福のイメージをもっていた。ゴータマ・ブッダは修行時代の初期に、アーラーラ・カーラマ仙や、ウッダカ・ラーマプッタ仙について、最高の禅定をマスターした。アーラーラ・カーラマ仙や、ウッダカ・ラーマプッタ仙も、ゴータマ・ブッダの師となるくらいだから、相当レベルの高い人だったのだろう。だがゴータマ・ブッダはそれでも満足しなかった。ゴータマ・ブッダは最高の幸福についての何らかのイメージをもっていたのだろう。

28 抗精神病薬ジプレキサを飲むと、ちょっと楽になる。人間は許される範囲なら、どんなに安楽と快適と幸福を求めても、かまわないのだろう。

29 とりたてて問題がないのは、かなり幸福なことだろう。だが私はそれを当たり前のように感じてしまうので、それほどの幸福感はない。

30 抗精神病薬ジプレキサは、本当に素晴らしい。うつや不安に卓効があるのだ。ジプレキサのおかげで、人並の幸福に近づいたような気がする。

31　生きている間に、本当に絶対的真理に到達できるのだろうか。創価学会の会員と、キリスト教のプロテスタントと、マルクス主義者は絶対的真理に到達したと信じているようだが、単なる直観補強型の思考をしているのではないだろうか。ともあれいろんな思想があるのは事実だが、みんな同じなのは幸福になりたいという動機である。

32　私の人生には何か意味があったのだろうか。精神障害者として労働能力を失い、異性関係もほとんどない私の人生とは何だったのだろう。人生は、意味があるというには、あまりにも短すぎる。だが精神障害者の人生は、ある意味非常に甘美な人生である。経済的にも何とかなる私は、あるいは結構恵まれているのかもしれない。

33　先進諸国は、ブータンのような仏教国に比べて、幸福度が低いという意見がある。このことは、ルカ福音書の「貧しき者は幸いなり」という言葉を連想させる。確かに日本は、ブータンのような国に比べて、自殺率が高いようである。本当に人間の幸せとは何かと考えてしまう。だが誰も現代社会から封建社会へ帰りたいとは思わないだろう。物質的繁栄は、精神的な苦痛を減らすことに役立ってきたのではないか。問題は、物質的幸福と精神的幸福を両立させることだと思える。精神的幸福に寄与することは、日本仏教界の、僧侶の責任ではないだろうか。日本の僧侶も、ビジネスばかりを考えず、日本人の精神的幸福を考えるべきではなかろうか。

34　一杯の酒を飲むのも私の幸せだが、好きなマンガをだらだら読むのも結構幸せである。

35　人の道に反してさえいなければ、どんなに幸せであっても幸せすぎることはない。

宗教について

1　マルクス主義をインテリの阿片といったインテリがいたが、私も何か阿片のような思想が欲しくなることがある。創価学会とかキリスト教とかマルクス主義とかいった、絶対的真理を独占していると主張する思想に自己同一化すれば、精神的に安定するのではないかと思うときがある。

2　タバコや酒といった快楽への執着も、結局は心の苦しみの元になるのだろうか。仏教的にはそうだろう。だがストレスにさらされていると、どうしても気晴らしをしたくなる。

3　時間という問題。私が宗教にこだわるのも無限の時間が欲しいからだが、存在することには苦しみが多い。キリスト教の天国では苦痛が全くないようだが、苦しみのない純粋な快楽状態なんてあるのだろうか。

4　やはり書物というものには限界があるのではないか。聖書でも歎異抄でも、文字で書かれた真理なのだろうが、それを読んでも自分の生きる苦しみとか重苦しい気分のようなものは、いっこうに解決されないような気がする。書物の世界に救済を求めて、山のように本を読んでも、精神的な照明みたいなものが与えられるだろうか。

5　煩悩の苦楽の中に悟りがあり、生死の輪廻の中に、ニルヴァーナ（至福の世界）があるという大乗仏教的な考え方は、基本的には正しいと思う。救いはこの現実の世界の中にあるべきである。死後の幸福を求めるのもよいけれども、生きている間にこの現実の世界の中に幸福を求めるべきだろう。

6　現実がちょっとでも思い通りになると、達成感や勝利感があるものである。だが実際は、現実は思い通りにならないことばかりである。特に、老病死は絶対に思い通りにならないものである。思い通りにならない現実を、苦しむことなく受け入れるのが、仏教の知恵であるように思える。私自身も、現実を何とか思い通りにしようとして、もがき苦しむところがある。

7　年をとってくると、世界が狭くなってくるようなイメージがあるが、そこに広がりを与えてくれるのが宗教なのである。

8　地上の愛と善が、真に価値のあるものになるためにも、やはり永遠の命は必要なのである。

9　いくら宗教に傾倒しても、自分の悩みや苦しみが軽くなったような気はしない。クリスチャンによると、キリスト教に入信すると、悩み苦しみはむしろ増えるものらしい。だが仏教は、元来生きる悩み苦しみを軽くするためにあるのではないか。仏教をやった友人によると、修行しなければ駄目らしいが。

10　幸福の問題や人生の意味の問題や労働の意味の問題など、さまざまな問題があるが、最大の問題はやはり生死の問題ではあるまいか。

11　精神の理想状態や、老病死の苦悩の解決などが仏教の理想だと思うのだが、仏教思想にどうアプローチしたらよいのかよくわからないところがある。現在の私は、とりあえず仏典を読んでいるが。

統合失調症について

1　自分に対する世間的評価は、かなり低いだろう。私は統合失調症であり、無職である。

２　気分障害に一生苦しみながら、人生を終わってしまうのだろうか。抗精神病薬には限界がある。電話や面談のカウンセリングもあまり役には立たない。

３　現在の私は、かなり安楽なスタイルで生きているが、それも仕方がない。統合失調症の患者に、ストレスは禁物である。もっとも統合失調症はすごく個人的な病気なので、一般論は言えないが。だが基本的にはストレスを避け、休養や休息をたっぷりとるのがいいだろう。

４　統合失調症の患者はストレスに弱い。もともと体質的にストレスに弱いデリケートな人間がかかりやすい病気のようである。会社に勤めようと思っても、ストレスがたまって体調が悪くなると、仕事を休まざるを得なくなる。しょっちゅう欠勤したり、集中力もない人間を、会社は雇おうとはしないだろう。私はストレスがほとんどない、究極の安楽な生活を目指している。だが無為にしていてもやはりストレスはたまるのである。そこで、ストレスを軽減させるギャバというチョコレートを毎日食べている。私個人の人生哲学は、楽を極めることである。

5 統合失調症の陰性症状があらわれて、現在はうつ状態である。現実の世界も暗黒に思える。だが現実の世界は本来暗黒ではなくて、私の心が暗黒になっているのだろう。うつの地獄からはい上がりたいが、どうしたらいいのかわからない。とりあえず休んでいるしかない。精神状態が悪すぎる。

6 統合失調症の気分障害で苦しんでいては、真の幸福もなにもあったものではない。

7 今の私には、夢を叶えるどころか、人並の生活もほとんど不可能である。だが自分のものさしで計る、小さな夢ならたくさんある。

8　抗精神病薬が効いているためか、現実が深刻であるという印象はだんだんとなくなってきた。

9　私が文章を書く目的の一つは、自分の問題を整理し、分析するためである。では私の問題とは一体何なのか。生死の大問題はまだ先の話なので、とりあえず棚上げにしておいてもいいだろう。自分が気にしている問題は、自分が統合失調症の患者であって、労働能力がないことだろう。自分は世間的評価において、〇点《ゼロ》の人間になってしまったのである。定職に就くことは、ほぼ百パーセント不可能であり、アルバイトすらできない。こういう現実と自分を何とかすることができるのだろうか。まあ問題は単純といえば単純で、楽をしていては世間の評価など到底得られないというそれだけの話なのだが。自分に向いた仕事で稼ぐというのも、何だかネットにでてくる〝簡単に月収三十万円になれます〟というような、インチキ広告みたいな感じがしないでもない。だがこの話は、自己卑下のしすぎだろう。知的障害者や身体障害者が、〇《ゼロ》点の人間だなどといったら大問題になるだろう。そもそも人間の価値に、点数などつけられないのである。

10　現代社会の身分制度を考えると、最頂点にくるのが、何らかの能力に秀でた有名人で、その下がエリートサラリーマンや公務員で、その下が一般の労働者で、最底辺にくるのが、ニート、ひきこもり、オタク、精神障害者、身体障害者、知的障害者なのかもしれない。もっとも過去の歴史を見ると、精神障害の天才がたくさんいたりして、頂点と底辺が一致する場合もあるようだが。いわゆる天才と狂人は紙一重というような話である。精神障害者を社会のクズと見なすような視点は、確かにあるような気がする。

11　精神障害者が働けないのか、それとも働かないかの線引きは、プロの精神科医でもなかなか難しいだろう。

12　抗精神病薬ジプレキサは本当に素晴らしい。うつや不安に卓効があるのである。ジプレキサのおかげで、人並の幸福に近づいたような気がする。

13　自分が感じている精神的苦悩が、精神病による苦悩なのか、生きることの苦悩なのかよくわからなかったが、どうやら精神病による苦悩が大きいようだ。抗精神病薬ジプレキサを飲むと、かなり楽な気持ちになれる。

労働について

1　哲学者のウィトゲンシュタインは、大抵の人間は平凡で自分より低く見えると言ったが、労働をしていない私には、大抵の人間が私より上位に見える。

2　カミュに「シーシュポスの神話」という哲学書がある。シーシュポスは、ゼウスにより、永遠に山頂に岩を持ち上げる罰を受ける。山頂に置かれた岩は、山すそに転がり落ちてしまい、シーシュポスは何度でもまた岩を持ち上げなくてはならない。個人的な解釈だが、この神話は現代の労働者をイメージしたもののように思える。サラリーマンは九時から五時まで、労働に束縛される。コリン・ウィルソンは労働に対する嫌悪感を表明しているが、私も労働は嫌だった。だがカミュの神話では、シーシュポスは自分が幸福であることを知る。もし人類がＡＩなどによって労働から解放されたら、何をして時間をつぶすのだろうか。趣味によってだろうか。遠い将来では、才能のある人間だけが労働するのかもしれない。

3　私はほとんど仕事をしないで二十五年間を過ごしてきたが、ひょっとしたら仕事をしていた方が、充実感とか張り合いがあったかもしれないし、幸福感さえあったかもしれない。家で酒を飲んでタバコを吸って、マンガや好きな本を読む生活を比べて、どちらの方が良かったのだろうか。だがとにかく、単純作業と肉体労働はお断りである。それらは私には向かない。

社会について

1　私の場合は、人生前半は人間不信が割合強かったが、人生後半では、割合礼儀正しく優しい人にたくさん会えたと思う。

2　家にひきこもっていると、気分が滅入って困る。社会との接触は必要である。社会にでると他人からの刺激があって、嫌な気分を忘れていられる。

3　私は社会に対しては、かなりの恨みをもっている。私はもともと侮辱をかなりしつこく根にもつ人間である。だが地域活動支援センターの女性スタッフに、毎日慰めてもらったり、私という人間の価値を認めてもらったりして、私の人間不信もだいぶ和らいでいる。今では社会に対して少しずつ信頼感をもつようになってきた。

雑録集

1　自分なりに納得して人生を生きるにはどうすべきか。この「自分なりに」というところが大事な感じがする。自分は平凡なアマチュア好事家なのである。だがどうせ生きるなら、自分で納得できる生き方をしたい。

2　自分はもうすでに五十三歳なのに、いまだに現実と理想の分裂状態の中を生きているような気がする。あるいは人間というものは、誰でもそういうものなのだろうか。

３　どう生きたらいいのかよくわからないが、とりあえずやっていることは、哲学と将棋である。

４　不安と苦悩は、生きていく上で当然と思えるが、あたたかい海の中にいるような安楽感が欲しいとも思う。

５　あるがままの生き方をしても全然かまわない。一日中テレビを見ていたっていい。

６　生活全体の意味と価値という問題は難解である。労働が生活に対して意味と価値を与えるのだろうか。悪いことをしなければ、どう生きたって全然かまわないのではないか。

7　小学生の頃の私は、「鉄腕アトム」のようなバラ色のハイテク社会は、ユートピアだと思っていたが、現実の現代社会は、超ストレス社会である。現代の公害は精神病である。とはいえ江戸時代よりはましかもしれない。

8　大人になるには、等身大の自分と向きあわなければならない。だが等身大の自分と向きあいつつ、夢やロマンをもつというのはどういうことなのか。私は夢やロマンを大切にしたい。もう五十三歳だが。

9　忙しければ忙しくて困るし、ひまならひまで困る。ショーペンハウアーが言うように、人生は不満と退屈が大問題なのである。でもときには楽しいことや面白いこともある。

10　精神的な苦悩は、本当に人間にとっての根本的な欲望からおこるものなのだろうか。私の場合は、休日の日に家にひきこもっているようなときに、うつっぽくなるのだが。

11　個人によって価値観が違うように、また倫理観も異なってくるのだと思う。普段の私たちは、善悪のはっきりしないグレーゾーンで生活しているのだろう。

12　人間の直面する問題には、永遠の問題と、現在の問題がある。永遠の問題は生死と幸福の問題だろう。現在の問題は、仕事とか生活とか、異性の問題だろう。だが現在の問題も永遠の問題と無関係というわけではない。幸福の問題は日常生活において誰でも考えている問題であり、生死の問題も、年をとったら真剣に考えるだろう。

13　今日、精神障害者のための地域活動支援センターで、カップラーメンを食べる女の人を見たが、絵になるとか、写真になるとか思った。

14　世俗的なことで成功すれば、ネガティブシンキングは、忘れていられるかもしれない。

15　生も死も、よく考えてみれば結構怖い問題だ。

16　自分が何を求めているのかよくわからない。他人に対して相対的に優位に立つことからくる自己満足みたいなものか。だがこの精神的空白感は、そんなもので埋まるものではなさそうだ。もっと根源的な欲求だと思う。

17　とにかく何かをしなければ、何も始まらない。仕事をしていない私ではあるが、そういう価値観で長いこと生きてきた。何かをするといっても主に趣味の分野でだが。

18　S病院のデイケアのXさんが親身になって世話を焼いてくれる。大変心の温かい人で助かる。ありがたいと思う。

19　生活態度を変えるということは、知識の問題というよりも実践的な問題である。だが私にとっては、この実践が難しいのである。私には弱点がたくさんあるのだ。

20　現実が少しでも思い通りになると、かなりうれしいものである。たとえば私だったら、将棋で強敵に勝つようなことでも。

21　現実の世界にも明るい要素はあるはずである。未来は決して暗くないと信じて生きたい。

22　学歴に価値を認めるのも、人の役に立つことに価値を認めるのも、似たりよったりの価値観に思える。それが一般的な価値観なのだろう。

23　財産に価値を認めるのも、知識に価値を認めるのも、似たりよったりの価値観ではないか。

24　苦痛は可能な限り避けてよい。努力して結果を出して人に勝つのも、それなりに面白いかもしれないが。

25　私は実存主義の、人間は可能性へ向かって投企するものであるという思想が好きである。

26　とにかく生きていたいとしみじみ思うこともある。

27　人とのつながりも結構いいものだなと、最近思えるようになった。人間はやはり社会的動物なのである。

28　生きていてもあまり救いはないなあと思う。自分で自分を救えればいいのだが。

29　世間のものさしが、常に絶対正しいわけではないだろう。

30　労働の問題。精神障害者にとって人並に労働することは難しい。もっとも統合失調症の症状は、千差万別らしいので、一般論は言えないが。労働は基本的には不快である。誰でもそうだとは言えないだろうが。私自身は現在は労働にしばられない自由な生活をしている。そのために社会的な承認は得られない。だが無職だろうと精神障害者だろうと、健常者と対等ではあるだろう。

31　私の心の中にある根本的な欲求不満や、人生に対する違和感のようなものは、一体何なのか。私は私の人生には何かが決定的に欠けていると思えてしまう。それは社会的承認なんてことではないだろう。人生の根っこにあるような、さみしさやむなしさである。一体どうすれば精神的に満たされるのか。宗教書や哲学書もたくさん読んだが、答えは書いてないように見える。やはり私が悩んでいるのは、人生が思い通りにいかないためか。社会的承認を得られないことだけが、思い通りにいかないことではない。老病死も思い通りにはいかないことである。そもそもそんなに承認を得られている人間など、ほとんどいないのである。

32　老病死という現実があっても、どうやら何とかなりそうだ。

33　コミュニケーションには、どうしてもギャップがある。言語で正確に自分の気持ちを伝えるのはすごく難しい。自分の内面の思いをどう表現したらいいのだろう。根本的な欲求不満とか、漠然とした絶望感などと言ってみても、やはり正確には表現できない。それでも内面をうまく表現できる才能とか技術をもった人はいるのだろう。画家とか、詩人のように。

34　夢とかロマンというのも、結局は成功ゲームで勝つことを目的にしたものなのだろうか。

35　自分は多分「現実」というものに、とことん負けるのだろう。

36　今日は孤独感を感じる。休日なので、施設のスタッフとも話ができない。電話というヴァーチャルな人間関係も、私にとっては大事なものである。人とつながっているという感覚が、一つの救いになる。

37　現在の私には、特に大問題はない。経済的に困っているわけではないし、ガンにかかっているわけでもない。それでもそう遠くない将来に、生死の大問題に直面するだろう。この問題に対する感度も、かなり個人差がある。どうでもいい人にとっては、全くどうでもいいみたいだ。だが私個人は、宗教的解決について考えている。この問題については、インターネットも大した情報量はないみたいだ。あるいは私は臆病すぎるのかもしれない。

38　現在の私は、少し欲望を満たしすぎだろう。経済的に多少余裕があるので、つい贅沢をしてしまうのである。

39　ときどき体調が悪くなる。体調が悪くなるたびに休まれては、会社もたまったものではない。これだから精神障害者の就労は難しいのである。

40　中島義道氏の『明るく死ぬための哲学』を読んで、生死の問題もある程度解決できるのではないかと共感した。中島氏は唯物論者で、死後の生を信じていない。だが唯物論者という言い方は適切ではない。むしろ観念論者である。中島氏は現実は実在ではなく、観念であると考えることで、生死の問題の解決を意図しているようである。だが失礼な言い方をすれば、中島氏が死んだ後でも、私が存在すれば、客観的な現実は実在しているようにも思えるのだが。

41　私も精神障害者にならなければ、社会の歯車として立派に機能できたかもしれないが、まあアウトロー人生も、そんなに悪くはない。

42　人生にはたくさんの問題があるが、問題の最終的な解決は、通常の人生ではないだろう。ゴータマ・ブッダのように悟りを開けば別かもしれないが。そのつど了解感や達成感はあるかもしれないが、ある程度の悩み苦しみは、一生続くのだろう。

43　人間の理性と感情が矛盾する場合がある。理性は死を必然的なものとみなす。理性的には、死んで無になることは、当然かもしれない。だが感情は、至福や永遠の生を求める。科学的理性の見地から見て、死によってすべてが終わると考えることは残酷な現実だが、宗教的見地からは、死はよりよき生への門なのである。ただ中島義道氏の、「明るく死ぬための哲学」は、宗教的解決を拒否しつつ、あくまで理性的思考を突きつめることによって、死という現実を突破していこうとする試みとして、興味深かった。

44 自分にはネガティブシンキングになりがちな傾向があって、本当の自信はない。できれば本当の自信がある人間になりたいのだが。うぬぼれと自信は違うだろう。

45 自分の抱えている問題をうまく言語化できたらいいのだが。他人と話していても、いまいちうまく言語化できない感じがする。こういったもやもやした思いは、あるいは大抵の人が感じているのかもしれないが。

46 不幸や苦しみにプライドをもっているような、不幸自慢の人の話を聞かされると、本当にうんざりする。

47 自分の問題を、うまく言語化して整理できればいいのだが、とりあえず思いついたことを書くことしかできない。物を書くという作業をして問題を整理するのも、結構難しい。

48　精神的には、あまりすっきりしていない状態である。精神障害というものは、そういうものかもしれない。だが老病死といった人間の置かれている条件そのものが、人間には悩み苦しみの源泉になるのである。こういう問題をポジティブに解決したいのだが。未来には暗黒と絶望が待っている感じである。仏教が一筋の光として感じられる。だが仏教がいかに理想的な宗教であったとしても、苦しみ悩みつつ生きるのは、人間としては、凡夫としては、当然のことかもしれない。

49　頭脳を使っていかに思考しても、宗教的哲学的問題の結論は得られないだろう。解答は、頭と心と体の三つで理解するものなのだろう。

第五章　限りなき幸福を求めて

幸福について

1　本当の幸福というものは、すごく贅沢なものであり、地上で獲得できたら、奇跡的なことだろう。

2　この現実の世界に生きていると、人間は山ほど問題を抱え込むことになる。だが究極的な問題は、孤独の苦しみや死の不安といったような宗教的な次元の問題だろう。こういう苦しみは、名声や地位や財産がいくらあっても解決はしないのである。本当の幸福という問題は、宗教的な次元の問題である。

3　楽に、幸せになるという方向性で、現実と自分を変えたい。ただし、脳からドーパミンが出るような快楽を求めるのは、仏教的には毒饅頭を食うようなものだろう。

4　宗教の究極的な目的は、真の幸福を得ることだろう。ブッダもイエスも、人々に真の幸福を与えようとしたのだろう。だが真の幸福は、あまりにも遠い目標なのだ。人間は誰でも幸福を求めているのに、幸福に到達できる人間は、まれである。それでも真の幸福までは到達できなくても、多少の幸福を得ている人間はたくさんいるのではないか。運が良かったり、才能に恵まれていたりすれば、かなりの幸福を得ることができるだろう。私にも多少の幸福ならある。おいしいものを食べるだけで、結構幸せになれる。だが真の幸福の前では、途方もない財宝もかすんでしまうだろう。真の幸福とは、ものすごい贅沢品なのだろう。

5　神はいるのだろうか。神がいるとしたら、最高の幸福を私に与えてくれるだろうか。

6　現実と自分を変えるのは難しい。現実と自分を変えたいと思う動機は幸福だろう。宗教によって幸福が得られないかといつも思っていた。私は何とかして現実を超えたかった。書物を読んで、思索を重ねても、幸福はなかなか手に入らないだろう。宗教の教える修行を実践することで、幸福が手に入るのではないかと考えていた。だがクリシュナムルティによれば、既成の一切の修行は不要である。考え方を変えることで、真理と幸福が手に入るのである。

7　宗教は基本的には修行などのように、長時間努力して、無限の幸福を手に入れようとするのであるが、クリシュナムルティは自我を強化するだけだと言っている。とはいえクリシュナムルティは、至福の境地を否定するわけではない。私には、どちらかと言えば、自力本願的に長時間勉強して、修行して、無限の幸福を手に入れる方が現実的な感じがするが。

8　最近の私は、苦痛というものとかなり無縁になった。労働という苦悩を無視していることもあるが。だが考えてみれば、過去の私は悩みすぎだったのだ。

9　最近私は、万歩計で一日一万歩ぐらい歩いているが、ウォーキングは精神を明朗にするのにかなり役立つような気がする。

10　私は若い頃は、頭の善し悪しや知的なプライドみたいなものに、異常にこだわりすぎた。ひょっとしたらスポーツや音楽が苦手だったせいかもしれない。今現在は、心の安らぎや安心感や楽な生き方みたいなものに関心がある。

11　私は緊張モードではなく、かなりのリラックスモードで生きている。

12　朝、目覚めた後は、割合気分がすっきりしていて、余計な悩みや心配もなく、孤独感もあまり感じない。

13　人に迷惑をかけない限り、自分の好きなことや気持ちの良いことをやってもいいと思う。そういうものがあるから、人生はありがたいのである。まあアルコール依存症はまずいと思うが。

14　自分に対して厳しくするのは、本当に難しい。私はいつも自分に対してアメ玉をくれまくっている。

15　生の肯定感というものは確かにある。それは余裕をもって人生を見ることができるときである。

16　宗教的な幸福なんて、本当に非現実的なものかもしれないが。

17　人間にとって気持ちの良いことは、快楽と幸福と満足であるが、私は基本的には満足を求めているのだと思う。

18　私の求めているものは何か、自分でもよくわからない感じがする。今現在でも十分幸せなのに、これ以上幸せを求めたら、欲のかき過ぎのような気がする。でも自分の幸せが、ある程度経済的に恵まれているから成り立っているのも確かだ。それにしても仏教の究極的な理想は、最高の幸せかとも思ったが、案外そうでもなさそうだ。

19　快楽と幸福と満足の三つのうちのどれかを選ぶとしたら、私は満足を選びたい。快楽というものは取るに足らないものだし、幸福という言葉は曖昧すぎる。自己満足でいいから、どっぷりと満足にひたることは、かなりの快感だろう。だが残念ながら、私の人生は、満足とはあまり縁がないのだ。

20　抗精神病薬ジプレキサを飲んだら、一時間ぐらいで気持ちが良くなってきた。だが極楽へ行くためには、やはり酒が必要である。

21　幸福への道を歩もうとすることは、観念的・ロマン的なのだろうか。いやそんなことはない。幸福への道を歩もうとすることは、十分現実的である。

22　抗精神病薬を飲んだら、かなり楽になってきた。私の悩みは、永遠の悩みではなく、統合失調症の症状らしい。

23　今日は悩み苦しみがかなり軽かった。どうしてそういう状態になれたかが問題のように思える。単に体調が良かっただけなのだろうか。

24　青空みたいなすっきりした気分は素晴らしい。できれば一生の間、このすっきりした気分で生きたいと思う。もしそうできたら、千人に一人くらいの幸せな人間になれるのではないか。

25　比較的に低ストレスな生活を送っている私にも、やはりある程度のストレスはあるわけであり、現実から逃げたくなることもある。では現実から逃げていく先はどこか。私は何かシンプルに快適なものが欲しい。私にとってシンプルに快適なものとは、女性の友人である。何でも話せる女性の友人のお陰で、私は結構助かっている。

26 この地上の忍耐の世界で、幸福を求めるのは無理かもしれない。理性はそう判断するが、心情は至福を求める。だが宗教的な何かで至福を求めるのは、人によってはバカげて見えるかもしれない。だが至福は無理でも心の平安を求めるのは、そんなにバカげてはいないだろう。

27 統合失調症の陰性症状のために、現実を耐えるのはかなり辛い感じがしたが、抗精神病薬ジプレキサを飲んだらだいぶ楽になってきた。しかし私はかなり恵まれているのである。世間には、相当に苦い汁を飲んでいる人がたくさんいることを忘れないようにしよう。

28　生きて行く上での幸福感は、大抵は欲望を満たすところから起こるのではないか。おいしいものを食べるとか、性的な快楽などはそうである。だが価値の創造はどうか。価値の創造には、副産物として名声や地位や財産などが得られるのであるが、ベルクソンは価値の創造こそ幸福であると言っている。

29　自分には根本的な欲望があるようだ。様々な欲望を満たすことによって、それを忘れているのである。

30　この嫌な現実から、ひたすら逃げたいという願望は薄れてきた。現実がそんなに悪くないと思えたら、かなり幸せである。

31　心が本当に落ち着けば、かなり幸せである。私は余計なことを考えすぎて、勝手に悩んでいたのかもしれない。

32　悩み苦しみはなるべく少なくした方がいいだろう。何かを考える時でも、嫌なことはなるべく考えず、楽しいことを考えた方がいい。

33　悲観主義と自己否定が私の問題点だ。楽観主義と自己肯定がもてれば、私ももっと楽になれるだろう。

34　苦しみ悩みを感じていては、幸福度がどんどん下がってしまう。個人的には世間一般の価値観なるものに、無理に自分を合わせないことが、気楽に生きるこつである。

35　それにしても抗精神病薬ジプレキサと睡眠薬は私を安楽にしてくれる。精神薬理学が発達すれば、寒い日に暖房をつけるように、心の寒い日には幸福の丸薬を飲んで心を温かにする日が来るのではないか。

36　生きている間に不幸だった人間が、天国でも浄土でもいいから、死んで幸福になっていたら良いと思う。私にも非常に辛い思いに悩まされたまま、死んでいった友人がいた。

37　今まで幸福論をたくさん書いていて、幸福こそ自分の人生のメインテーマだと思っていたが、最近は多少現実的になってきた。現実の人生で、嫌なことは絶対に避けられない。仏教の究極的な目的は、最高の幸福であるかもしれないが、現実の人生では、悩み苦しみをなるべく軽くするといった程度の効果しかないだろう。仏教の本を大量に読んでも、それだけでは幸福は得られないのである。

38　当たり前の現実を、当たり前に受けとめれば、それほど悩み苦しむ必要はないはずだ。人間が努力次第で思い通りにできることもあるが、老病死だけは絶対に思い通りにはならない。この場合は、現実に自分を合わせれば、苦悩は減るはずだ。

39　私は最近はかなりの幸福感を感じている。過去の私は、悩む必要のないことを悩んでいたのかもしれない。でも、私の悩み苦しみが、全くの無駄だったとは思いたくない。

40　S病院のスタッフの女性の若いYさんは、私の精神病の苦痛の話を真剣に聞いてくれた。お陰でいくらか癒された。

41　人間が達成しうる最大の幸福度が九十九点ぐらいなら、仏教の究極の理想の幸福度は、一万点ぐらいだと思っていた。だが、それも少し違うかもしれない。ブッダも苦痛の価値を全く認めなかった訳ではない。苦楽中道といって、ある程度の緊張感のある生活をよしと思っていたようだ。

42　朝吸うタバコがうまいのは、眠っている間に禁断症状が起こるからだという。タバコを吸うのを長時間我慢していると、タバコがうまくなる。こう考えると、この世の快楽というものは、痒いところを掻くようなものだと思う。そういうものは本当の幸せではないと思いつつも、痒いところを掻くような快楽を私は断念できない。つまり私は禁煙できない。

43　本当の幸福とか生死の問題は、私にとっては大問題であるが、どうでもいい人にとっては、本当にどうでもいいみたいだ。

44　今日はS病院のデイケアに行って、かなり気分が良くなった。現実（社会的な）との接触は、気分をリフレッシュする効果があるようだ。仕事へ出掛けるのも、大変な面はあるが、社会と現実との接触で、気晴らしになる面もあるのではないか。

45　人間は悪いことをしなければ、どれだけ幸福になってもかまわないと思う。宮沢賢治の「銀河鉄道の夜」では、ジョバンニが、みんなのための本当の幸福を探すと言っている。みんなのためというのが、大事なポイントだと思う。現代は競争社会で、みんな他人に勝ちさえすれば幸福になれると思っているのではないか。だが、そういう幸福観では勝利するごく一部の人間だけが幸福になって、負けた人はみんな不幸になってしまう。

46 幸福になるためのポイントは、悩み苦しみを軽くすることだ。私は理想主義者で、悩み苦しみがほとんどない精神の理想状態を求める傾向がある。残念ながら統合失調症という病気持ちで、四苦八苦することも多いが、精神の理想状態というのはすごく贅沢なものだと思うことも多い。パスカルは人間の行動のすべての動機は幸福であると言っている。だが、無論幸福だけが価値とも限らないだろう。真理を追求するという知的な価値もある。

47 寝て起きたらすっきりした気分になった。私はいつでも幸せに生きたい。生きていく上での苦悩なんて必要がない。私は生きていく上での苦悩を何とかなくして生きる方法はないかといつも考えて生きている。そのためには、いかにしてネガティブシンキングをなくすかということが大事だと思える。

48　昨日の午前中は、秋の空のように澄んだ気持ちだったが、今日になったら、また大変になってしまった。多分考えすぎて大変になっているのだろう。本当に秋の空のように澄んだ心境になるには、仏教で言うように、生死を離れることが大事なのだろう。問題は考えることで生死を離れることができるかどうかだが、理知だけでは無理かもしれない。だが、生死で悩むことは、生死を離れることの出発点だと思う。昨日の午前中は、何か答えが見つかったような気がしたのだが。私にとっての主要な問題のポイントは、不安と安心である。

労働について

1　単純作業や肉体労働や仕事の現場が、ものすごく大事なこととはとても思えない。

2　精神障害者として労働はしていなくても、生きる苦しみのようなものはある。それにしても私は、労働イコール苦痛というイメージが強い。

3　結局のところ、自分の抱えている問題は何なのか。労働が問題なのか、死が問題なのか。両方とも自分にとっては大きな問題なのだが、労働問題は比重が軽いような気がする。無理に労働をしなくても、年金生活者として生活をしていけるからである。だが、現実社会は、基本的に物質中心の世界であり、物質問題が主要なテーマなのである。物質問題を解決するために一般の労働者は労働している訳であり、物質問題を無視する訳にはいかない。

４　私は基本的に、若い頃から自由と幸福を求めてきた人間であり、ドロップアウトコンプレックスみたいなものもあった。現実的には、精神障害者として年金生活を送ることによって閑は相当にできた。私は統合失調症の患者ではあるが、基本的に現在のような生活を送っているのは、病気のためというよりは、性格的なもののためだろう。もっとも病気と性格の区別も、そんなに厳密にできる訳ではないが。だが、自由と幸福も、ありすぎると飽きてしまうもののようだが。基本的には、何らかの枠とか規則がないと、自由と幸福は実感できないようだ。私は休日がそんなにありがたくない人間なのである。もっとも定年退職者の中には、自由をもてあます人間もいるようだが。

５　私の将来の自分のイメージは、趣味に打ち込む老人というものだ。もはや還暦を過ぎれば、労働問題からは解放されるだろう。それにしても現代社会というものは、とことん生産至上主義みたいだ。当然と言えば当然だが。だが私のような性格の人間は、とても会社社会には適応できない。おまけに統合失調症ときている。心の重病人という肩書きは、現実社会から逃げ続けるためには、うってつけのものだ。五十四歳になった現在も、自分を社会に合わせようという気にはならない。時間はあっと言う間に流れていくものだ。多分、私は一生労働社会とは無縁だろう。

6　世間一般から見れば、極少の問題が、自分にとって大問題に見えることがあるのも確かだろう。私も時給百三十円の内職みたいな箱折の時間が、一時間か二時間かにこだわったことがある。スケールが異常に小さいが、そもそも私という人間のスケールがその程度なのだろう。

7　社会的評価というものにかなりこだわっていた私は、社会的な承認を求めていたのだろう。若い頃は、少しは社会的評価を得たと考えていたが。だがそんな社会的評価も承認も、捨て去ってもかまわないだろう。私はそう思うのだが、労働する人間が絶対に必要なのも確かである。労働する人間がいなければ、家もないし、食事もないし、タバコも吸えないし、酒も飲めない。一般的に労働する人間がどんな動機で労働するのかは知らないが。当然経済的な必要からか。だが私の場合は、労働問題をグジグジ考えていても仕方がないかもしれない。割り切ってしまえば楽だ。

8　労働問題をどうでもいいと切って捨てる訳にはいかないが、私が気にしているのは、私のネガティブシンキングなのである。そこにどう明かりを灯すかが私の悩みなのだが、現実的には経済問題で悩んでいる人が多いだろう。

9　確かに低ストレスで生きるしかないとしても、アルバイトも出来ないとしても、人生全体を戦略として考えた場合、何か有効な次の一手はないだろうか。しかし、その次の一手をどういう動機で打つのかという問題は残る。

10　私は結局のところ、将棋や囲碁や麻雀といった思考ゲームと、宗教・哲学・文学に価値を見いだして生きるしかなさそうだ。価値観が超個人的なような気がするが、元来価値観というものはそういうものらしい。それにしても世間一般では「労働」というものに相当の重要性を見いだしているようだが、あんな高ストレスの日常は、私にはとても送れそうにない。

11　労働問題に思考が集中するのも統合失調症だからだろう。私は労働問題について考えているだけで、実際はほとんど行動できないが。私は労働問題を避けて生きているが、実際には仕事はかなり苦労なことだと思う。まあ、私にも生きる苦しみはあるが。どんなに恵まれた人間でも、生きる苦しみだけはなくすことができないと思う。

12　労働問題を何とか解決すれば、社会的にまっとうな人間という評価は得られるだろう。でも、こんなことをグジグジ考えるのはやめて、福祉の世界へ行けば、少しはすっきりするだろう。

13　人生の時間を、意味で満たさなくたっていいだろう。本にしたって読みたいときに読めばいいのである。人生の意味を労働に求める人がいるかもしれないが、人生の意味と労働は関係がないだろう。

14　私には現実と格闘することは無理だろう。統合失調症という持病があるから、高ストレスは禁物だ。だが、そういった生き方を選ぶことで、失ったことが相当あるかもしれないが。だが、物は考えようだ。私の生き方で私が得たものもあるかもしれないのである。

15　とにかく単純作業や肉体労働はお断りだ。そんなことをしなくても、楽に生きていける経済力が私にはある。大金があっても労働するという人がいるが、私にはとても単純作業や肉体労働に生き甲斐を見いだせそうもない。だが、私に向いた仕事もあるだろう。ほとんどの人は私が文章を書くことは趣味だと言うが、私個人は労働の面もあると思っている。

16　人の役に立ちたいという動機はあるだろうが、私は基本的には快楽主義者であり、幸福主義者である。人の役に立ったことに幸せを見いだしている人もいるようだが。

17　社会は、生活費は与えるが、仕事の面倒まではさすがに見ないようだ。自分の問題は自分で解決せよということか。だが、私は単純作業から肉体労働への道が、地獄のように思えて嫌だったのだ。

18　労働とは何か。自分の利益のためにするものか、社会の役に立つためか。財産が十分にあって、社会の役に立ちたいと特に思わないような人間が、労働したりするだろうか。労働の種類を選ぶという心理は誰にもあるだろう。だが自己実現に繋がるような労働をしている人間なんてごく一部である。労働を選ぶといっても、自分の性格に合わせて選ぶといったところだろう。一口に労働といってもいろいろある。ホームヘルパーのような実際的な労働もあれば、将棋指しのように趣味が仕事となる労働もある。労働をする動機の一つに、社会的な承認欲求があるだろう。現代社会の人間は、労働することによって社会的な承認を得るのである。労働を否定することはできないだろう。労働者がいなくては、私は酒もタバコもお茶もできなくなってしまう。だが私の心には労働に対する根強い反感があるのだ。多分、私は一生労働しないだろう。

19　自分がアウトローであることを最近はよく実感する。なぜアウトローなのかと言えば、労働していないためだが。私は理想的な労働のイメージを求めすぎるかもしれない。こうやって文章を書くことも、売れれば労働だし、売れなければ趣味だが。

20　私の書く文章は、仕事にはならないだろう。趣味に留まるだろう。だが自分にとって有用な意味もある。自分の問題を、文章を書くことで整理したり、自分自身を分析したりして、自分の問題点を明確にできるだろう。

21 仕事をしていれば、現実的という訳でもない。

22 私は「現実」に負けたのか。エリートサラリーマンは「現実」に勝っているのか。だが現実は単なる現実にすぎない。

23 とりあえず財産は十分にあり、労働しているという「ステイタス」も要らず、名声欲はくだらない。趣味的人生で十分なのだが。それでも何かが欠けているような気がする。だが絶望とか苦悩は少なくなってきた。

24 現実や社会から逃げたいという若者の気持ちは、よくわかるような気がする。オウム真理教の井上被告も、「夜汽車に乗ってこの社会から逃げ出したいぜ」などといった詩を書いていた。現実の社会では、子供の頃は点数で、大人になったら年収などで絶え間のない競争を強制される。五十四歳の私も、現実社会から逃げてしまったという面があるだろう。

25　労働問題でグジグジ悩んでいるようなところが私にはある。現代社会の価値観として、労働の種類は何でもかまわないのだろう。とにかく労働をしているかどうかが、ベーシックな価値観なのである。私個人としては単純作業も肉体労働も大嫌いだし、経済的にもある程度余裕があるので、このベーシックな価値観を無視して生きているが、だがそれでも労働するのが人の道のような気がして、グジグジ悩んでいるのである。それでも人間は何かをしているものだという。ベーシックな価値観は私も共有していて、趣味的なものが中心であっても、私は死ぬまで何かはしているだろう。マンガを読んでいるのと大差はないかもしれないが。

26　自分を知るということはどういうことか。私の考えでは、ここで労働の問題が登場するのである。無職と犯罪者は違う。無職も悪いと言えば悪いかもしれない。社会の生産力を一億分の一ほど引き下げているのだから。

おまけに私は精神障害者である。精神障害者の面倒をみるためには、相当のコストがかかるらしい。だがナチスドイツの社会とは違って、現代日本社会では、精神障害者にも生きる権利はあるようだ。現代では抗精神病薬を服用していれば、病気の軽い人間はほぼ健常者と同じ言動ができる。

自分を知るということと、労働の問題には何か関係がありそうな気がする。自分自身の価値をどこに認めるかといえば、一般的には労働ということになるのだろう。労働以前の世界である子供と若者の世界では、人によってかなり違うが、学歴というのも一つの物差しだ。だが私は大人なので、学歴についてはそんなに考えなくても良い。大人になれば職歴だ。この職歴というのは、決定的な物差しらしい。肩書きと言っても同じことであるが。だが老年期になれば、職歴も関係がなくなる。

仏教について

１　サムシンググレートが存在するなら、自分が生まれたことや、生きていることの理由や証明や意味や価値がある気がするが、存在しないなら、そういうものは何もないように思える。だがよく考えてみたら、これはキリスト教的な発想だ。浄土真宗はキリスト教に近いとよく言われるが、阿弥陀仏が救うのは死んだ後の話であって生きていることの理由や説明は、関係ないかもしれない。

２　人生の師匠などどうやらいないらしい。自分の問題は自分で解答を出すしかないようだ。

３　ゴータマ・ブッダの苦楽の中道とは、個人的に解釈すると、緊張モードとリラックスモードのバランスをとることだと思う。人生は多少の緊張モードがあった方がより面白いだろう。緊張モードイコール仕事でもないが。

4　無為の時間は多いが、真理を知りたいという焦りから、精神的に遊ぶ余裕がない。私にとって真理とはサムシンググレートの問題だが。

5　私の現在の精神状態は、結構明るい。年老いても、未来に希望をもちたい。サムシンググレートは多分いるだろう。断定はできないが。だがサムシンググレートが実在すると信じることで、何かしら希望と安心がもてる。

6　宗教的な幸福なんて、非現実的なものかもしれないが、私の直観では、仏教の理想は、究極的な幸福である。究極的な幸福を得ている日本人なんて、多分一人もいないだろう。それでも仏教のハイレベルな高僧は、相当な幸福を得ているかもしれない。だがそれを求めるのは、あまりに理想が高すぎるだろう。

7　統合失調症の気分障害とか意欲減退とかいうものは、なぜそうなるのかよくわからない。多分精神科医でもよくわからないだろう。だが最近の私は、ネガティブシンキングをやめることで、より明るく楽しくなっている。問題の本質は、考え方を変えることにあるように思える。考え方を何とか変えれば、いつも青空のような気分で生きられそうである。いつも青空のような気分で生きることが、仏教の理想なのだろう。今までの私は、暗すぎたのである。

8　私は特別な仏教の修行をする気はないから、言葉とか概念とか思考などと戯れて、一生を終わりそうである。それにしても道元は、仏教学は一切無用で修行がすべてだと言ったが、修行の果てに見いだすものは一体何なのか。どうも道元によると、この修行というものが永遠に続くらしいが。

9　私は自分の心の中に、何か問題を抱えている。悩んでいる。何かが調和的でないのである。自分の社会の中での立場の問題というよりも、もっと宗教的・実存的な問題という感じがする。ほとんどチンプンカンプンながら、とりあえず道元の「正法眼蔵」を読んでみようと思う。仏教ファンの友人は、知的なアプローチでは何もわからないと言うのだが、突然永平寺で修行する訳にもいかないし、とりあえず知的にアプローチしてみるしかない。

10　仏教に対する知的アプローチには限界があるという意見もあるが、主に禅宗の考え方だとは思うが、実践的アプローチをした結果、何が得られるというのだろう。

11　当たり前の現実を、当たり前に受け取るのが世間一般の常識のようだが、私にとっては当たり前の現実が当たり前ではないのである。私は大変ヤバイのだ。まあ当分は大丈夫そうだが。このあたりは、哲学者の中島義道氏と共通点がありそうである。中島氏は宗教的解決を全然認めないようだが、私個人は死の問題は宗教的な次元でしか解決できそうもないと思う。そもそも仏教の出発点は、ゴータマ・ブッダの人間の有限性の自覚から始まる。要するに人間は絶対に死ぬということである。

12　真理は思考と言葉を超えているかもしれないが、現在の私が頼れるのは、思考とか言語しかない。

13　どんなに考えても、何冊本を読んでも、絶対解答不可能な問題があるのは確かだ。死の問題もそうである。

14　わたしが宗教問題にこだわるのは、ネガティブシンキングをどうこうしたいからである。ネガティブシンキングの強い私は、基本的にはネクラなのである。だがこのネガティブシンキングはどこからくるのか。死の問題はそんなに切実ではなくて、本当は社会的承認を得たいだけなのか。確かに人間は社会的動物ではあるが。

15 人生はしんどい日もあれば、楽な日もある。仏教学者の水野引元は、凡夫としての一切の誤った生活態度を改めれば理想的な精神状態で生きられると言っているが、もとより凡人がそんなに簡単に聖人になれる訳がない。親鸞もいずれの行も及びがたき身なれば、地獄は一定住み処《か》ぞかしと言っている。毎日の日常生活は地獄というほどひどくはないが、凡人の私たちは、しんどい日と楽な日の繰り返しに耐えるしかなさそうだ。それにしても今日はかなりしんどい一日だ。この精神的苦痛さえなければ、貧乏であっても独身であっても仕事がなくても十分幸せなのだが。

16 何とか物事をポジティブに考えたいのだが、考えれば考えるほどネガティブな方向に向かってしまうようだ。

17 老病死に対して、達観したような言動をしている人間もいるようだが、自分が一番頼りにしているのは、自分の肉体ではないだろうか。

18　誰でもストレスを避けられないのだから、私にも多少のストレスはある。どうも私の場合、ストレスが溜まるとネガティブシンキングになりやすいようだ。私の場合、統合失調症という持病もあるので、たっぷりとした休息と息抜きは欠かせない。だが個人的な話になるが、仏教でネガティブシンキングを解決することはできないかと思う。

19　自分の精神問題の解決が一番重要である。自分という人間の精神的苦痛は、自分が一番リアルにわかる。まずは自分で自分を何とか救うことだ。他人はほとんど役に立たないだろう。他人にしたって自分で自分を救えている訳ではないからだ。世界史を見ると、自分で自分を救えたのは、ゴータマ・ブッダだけであるように見える。しかし経済的に何とかなっている私が、自分の悩み苦しみまで解決しようとするのは贅沢のような感じもする。しかし人間である以上、自分の悩み苦しみを何とかしようとするのは当然だろう。

20 人間の有限性という問題に、額に冷汗を流すようにして悩んでいる哲学者もいる。それこそが仏教の出発点なのだが。だが私にはまだ仏教の本質は全然わかっていない。仏教の本質というものは、知的に理解するものというより、体で体得するもののようだ。それがわかれば、もう少しすっきりした気分で生きられそうだ。仏教とはそんなに関係がないかもしれないが、家の中でグジグジ思い悩んでいるよりも、行動した方が良さそうだ。

21 人間の有限性などに、全く悩まない人もいて、そういう人には仏教も特に必要はないかもしれない。

22 仏教の目的は、悩み苦しみの解決だから、「楽」が最終的な目的になるだろう。

23 人生に絶望する必要はない。サムシンググレートは必ずいるから。こんなことを考えても、どうしても私はネガティブシンキングになってしまうが。

24　仏教の理想は、最高の幸福と、生死を離れることだと思う。そしてまた、知性と人格の完成者であるブッダと同レベルになることだ。それが実現すれば、最高の調和の感覚が得られるだろう。だが大抵の人間は仏教に無関心で、仏教の理想も知らないようだ。

25　すっきりした気分は本当に極楽だ。いかにして毎日このすっきりした気分で生きられるかが問題なのだが。

26　浄福とは、青空のようなすっきりした気分のことである。

27　私は死について考えすぎていた。この宇宙の真理はわからない。死後の世界については定説はない。考えてもわからないことに悩むよりも、青空のようなすっきりした気分で生きるには、どうしたらいいかを考えた方がいい。

28　仏教の出発点は、ブッダの死に対するネガティブシンキングである。死に対するネガティブシンキングを何とかすれば、仏教の出発点に立てるだろう。

29　このすっきりした気分を維持するためには、いかにしてネガティブシンキングを克服するかを考える必要があるだろう。

30　何で自分の気持ちがふっきれたのかはよくわからないが、青空みたいなすっきりした気分はまだ続いている。自分なりにネガティブシンキングを、ある程度処理できるようになった気がする。

31　私は自分の人生の根本問題を、ある程度解決したと思っていたのだが、やはり生きる不安みたいなものはときどき襲ってくる。仏教の根本問題は、ネガティブシンキングをどう処理するかといった問題のような気がする。

32　いつもいい気分でいる訳にはいかない。私は精神障害者なので、どうしても体調の波があって、いい日も悪い日もある。だが生きる上での根本問題を解決すれば、体調の善し悪しなど、たかが知れているのではないか。生きる上での根本問題とは、生死の問題である。

33　サムシンググレートが存在すると信じたいのは、老病死という現実を不安なく受け入れたいためかもしれないが、そういう信念をもつことで、本当に不安が軽くなるだろうか。

34　私には自分と社会との関係という問題や、幸福の問題や生死の問題などがあるが、最大の問題は生死の問題に思える。だがこれも、関心のない人にとってはどうでもいい問題だろう。

35 仏教で言う苦しみとは、現実が思い通りにならないことである。だがこのことをよく考えてみれば、人間には最初にイメージがある訳である。このイメージと現実とのギャップが、精神的に苦しい訳である。現実をイメージに合わせようと四苦八苦するよりも、現実の方にイメージを合わせた方が楽である。まあここで現実という言葉を使ったが、人間の直面する現実も十人十色ではある。

36 問題は、サムシンググレートが実在するかどうかである。この問題は、仏教の宗派で言ったら、浄土宗や浄土真宗の問題だろう。サムシンググレートが実在するなら、人間は無限の時間も真の幸福も、手に入れることができるだろう。だが現実にはサムシンググレートは神話の中の存在である。私たちは、サムシンググレートに関する話を、神話や伝説や物語といった形式で受け継いできたのである。ではサムシンググレートが実在しないなら、この宇宙に見られる整然とした秩序はどうなってしまうのか。人間社会に見られる愛や道徳はどうなってしまうのか。多分サムシンググレートは実在するのだ。私たちはそんなに未来に絶望しなくてもいいのである。

37　幸福とは絵に描いたモチのようなものではなくて、本当に楽しいことが面白いとか素晴らしいといった実感なのである。幸福においては、この実感があるかどうかが問題なのである。仏教も体験主義なので、幸福の実感はすごくリアルなはずだ。

38　いくら考えても結論の出そうもない問題は、考えるだけ無駄かもしれない。死後の生とか、幸福とは何かとかいった問題がそれである。

39　私にとって最大の問題は何か。何が最大の問題かは、人によって全然違うだろう。現在の私にとっては気分の問題がかなり大きい。気分の明暗は、幸不幸を直接決定するからである。貧乏でも朗らかな人は、それだけでかなり幸福だろう。本当の幸福とか、老病死に対する不安の問題も、やはり気分に関係する問題のような気がする。私には統合失調症による陰性症状があって、ネガティブな思考や感情に悩みがちである。なるべく青空のようなすっきりした気分で生きたいのだが。仏教の理想の境地も、青空のようなすっきりした気分で生きることではないだろうか。

40 自分が助かるかどうかが決定的な問題である。

41 精神的不快という当たり前の現実を、何とか解決しようとするのが仏教の面白いところかもしれない。

42 考えないことが大事かなと思ったが、思考は止められない。ネガティブな考えを少なくし、ポジティブな考えを増やすのがいいのだろう。

43　ゴータマ・ブッダの遺言である、自灯明と法灯明について。自灯明というのは何となくわかるような気がする。結局のところ人間は、自分の判断で生きて行くしかないのだから。法灯明というのは、ゴータマ・ブッダの悟った宇宙の真理を頼りにして生きよということなのだろう。

44　自分の判断で生きるのも、結構難しい。何か権威みたいなものに頼りたくなるような気もする。

45　精神的に私は割合安定している。人間はすべてを自分の主観というフィルターにかけて判断するので、私は仏教思想なども、自分の気分の明暗などの主観的な問題にひきつけて解釈しているのだろう。ニルヴァーナという仏教の理想の境地も、私には気分が青空みたいかどうかのような問題に思える。

46　どんな事柄にも、悪口と褒め言葉の両方があるというブッダの言葉は確かなようである。すべては観点の問題なのだ。

47　この一冊で、人生の諸問題に答えを与え、救いと光明を暗示するような、究極の書物といったものはあり得るだろうか。クリスチャンにとっては新旧聖書が、創価学会の会員にとっては法華経がそうなのだろう。哲学書では、ハイデガーの「存在と時間」が究極的な書物かもしれない。だが個人的には、ハイデガーの哲学は暗すぎるような気がする。あまり救いとか光明がもたらされる感じではない。一般的には書物は面白さを求めて読まれるのだろう。人生の根本問題を論じた、宗教書とか哲学書はあまり一般的には読まれないだろう。聖書は世界最大のベストセラーらしいが。私には新約聖書はたとえ話が多くて、そこでつまずいてしまう。仏教的には、言葉には限界があるという考え方がある。ウィトゲンシュタインも、「語りえぬものについては沈黙せよ」と言っている。究極の書物といったものはあり得ないかもしれないが、語り得ぬものを洞察したときに、救いとか光明があり得るのかもしれない。それにしても竹田青嗣氏の「欲望論」

は名作である。私の印象では、ある意味究極の哲学書に近いような感じがする。やはり究極の書物は、宗教と科学の中間を行く哲学によって書かれるべきである気がする。ただ西洋の哲学者は、救いや光明を求めるというよりは、仕事として考えている感じがする。仏教は哲学的ではあるが、中心核にブッダの悟りというものが必ずあって、メインテーマは現象世界の解明というより救いと光明なのだろう。

48　世界と生の謎の答えを、宗教書や哲学書に求めても無駄かもしれない。ゲーテの「ファウスト」も神学と哲学を極めたが、結局は何もわからなかったと言っている。ソクラテスは無知の知を説いて、死についてはわからないと言っている。ブッダは死後の生というような形而上学的な問題には、無記と言って、答えを与えなかったが、本当は何かを知っていたのかもしれない。イエス・キリストは死後の生についてははっきりと天国があると断言している。疑問の答えは、語りえぬものの領域にあるのではないか。

49　生きることは苦悩することである。仏教では感じられるものすべてが苦であるとして、一切皆苦と言っている。仏教では、快楽すら苦なのである。ただ私には労働の苦悩はない。そこだけは少し恵まれているかもしれない。社会全体からは、アウトローのように見られるとしても。

50　心の平安は、仏教のメインテーマである。悩み苦しみがどうしたら軽くなるかが問題だ。

51　自分は本来助かっているのだろう。助かっていないと思って困っていたのだ。浄土真宗では人間は誰でも絶対に助かると言っている。

52　心の痛みを和らげるのが仏教だろうが、そのためにはチャランポランな生活態度を改める必要がある。

53　やはり気分が良かったのは、体調が良かったせいらしい。そう簡単に悟りが開ける訳がない。

54　要は最大の問題は、自分が助かっているか、いないかなのだ。浄土真宗的には自分は助かっているはずなのだが、助かっているという確信がもてない。

55　自分を何とか救ってもらいたい。そのためには浄土真宗しかないか。

56　私には体調の波がある。最近は青空のような気分で生活していたが、今日はどんよりと曇っている。そんな時に慰めになるのが仏教の本である。

57　他人に期待するという心理はよくあるだろう。宗教というものは基本的にそういうものかもしれない。仏教の信者もキリスト教の信者も、ゴータマ・ブッダやイエス・キリストに絶大な期待をもっている訳である。私個人にもやはり他人に期待するという心理はある。私が電話魔なのも、基本的には他人に期待している部分はある。新宗教に入る人は、現実の教祖に絶大な期待を持っている訳だ。

58　生きることの辛さや痛さや厳しさは避けられないだろうが、その苦痛を和らげることはできるかもしれない。私は仏教によって、何とか和らげようとしているのだが。

59　人間は存在することの不快に耐え続けるしかないらしい。キリスト教の天国では、存在することの不快すらなくなるようだ。仏教では、基本的に存在することは不快なことである。一切皆苦と言うぐらいだ。存在することは不快だが、自分が存在しなくなるのは不安である。自分が存在しつつ、存在することの不快がないのが理想的である。それこそが仏教の理想状態であるニルヴァーナの境地ではないだろうか。個人的にはアルコールを飲むことが、存在しつつ存在の不快を感じない状態に近い。だがそれは問題の真の解決ではない。問題の真の解決は、どうしたら得られるのだろうか。それにしても労働すらしていない私が、存在することの不快をなくそうとしているのだから、相当に贅沢な話ではある。だがこの存在することの不快はどこからくるのだろう。統合失調症の患者といえども、やはり現実の世界で生活している訳であり、そのストレスもあるだろう。もう一つ考えられるのは、統合失調症の陰性症状からくる病苦である。

60

生きることの悩み苦しみをいかにして解決すべきか。この現実を嫌なものと感じて、逃げたいと思うのも、一つの生きる悩み苦しみではあるだろう。私個人は、精神状態が悪化してからは、精神的危機の連続だった。何とかして幸福に到達したいと思っても、この「現実」の壁に阻まれて突破できない。この「現実」の壁を突破しようと思って、私は仏教に傾倒したが、やはり生きることの辛さや痛さや厳しさといったものはある。一般的には労働の苦悩もあるし、私個人としては心の病からくる病苦がある。私の思考は同じところをグルグル回りがちだが、一般的には当然生きる苦悩はあるだろう。仏教的にはみんな凡夫なのだから。だから他人に依存したり期待したりしても無意味なのである。他人は他人で自分を救えていないのだから。まあ苦悩をプライドの根拠にしたりするのは、バカバカしいとは思うが。

61　私は自分の人生の根本問題が、ある程度解決したと思っていたのだが、ほとんど解決していないようだ。やはり生きる不安のようなものは時々襲ってくる。仏教の課題は、ネガティブシンキングをどう処理するかみたいな感じがする。

62　私は、明日死んでも平気だと思うほど、悟ってはいない。平凡な日常生活が当分だらだらと続いて欲しいと思っている。

63　仏教の世界像では、苦楽はほとんど永遠に続くようである。キリスト教では、天国に入ってしまえば、苦は永遠になくなると考える。天国はいいのだが、キリスト教では地獄に落ちる人がたくさんいると考えるのが嫌いである。個人的には親鸞の悪人こそ救われると考える浄土という考え方のほうが好きである。

64　苦しみ悩みから、果てしなく逃げ去りたいが、仏教的世界像では苦悩の全くない世界はないらしい。創価学会の教義でも、仏界にすら地獄界はあるという。仏教的世界像では、苦しみの全くない世界はなく、どんなに悟ってもある程度の苦しみ悩みは続くようだ。ましてやこの地上の忍耐の世界は、苦しみ悩みだらけだ。

65　ほとんどの人の人生は、圧倒的な幸福感とは無縁かもしれない。私個人の人生でも、圧倒的な幸福感などなかった。だが道元は、中国に渡って修行中に、圧倒的な幸福感を体験したらしい。「心身脱落」というのがそれである。仏教学者のひろさちや氏は、心身脱落とは、自我という角砂糖が、お湯の中で溶けるようなものだと言っている。お湯の中で溶けてしまっても角砂糖としての本性は残るという表現は面白いが。もっともそれができたのも、道元の天才的な素質と、厳しい修行のおかげだったのだろう。道元が死んだのは、私と同じ五十四歳だが、私が今死ぬとしたら、結局は精神的光明と無縁の人生だったということになるだろう。もっともほとんどの人間は、私と同じような凡夫だろうから、圧倒的な幸福感とは無縁かもしれないが。だが世間は広い。圧倒的な幸福感(仏教的な意味での)を体験した人がいないとは断定できない。私もできたら、そういう人の弟子にでもなりたいものだ。

日記

水曜日

1　今日はヘルパーのおばさんと一緒に掃除をした。印象に残ったのはヘルパーさんがあまりネガティブシンキングをしないことだ。私がネガティブシンキングに悩んでいたのは、ひょっとすると余計な悩みだったのかもしれない。もともとネクラな性格の私だが、最近は明るい光が射してきたような感じがする。ネガティブシンキングが少なくなってきたようだ。精神状態は結構いい。考えすぎると余計なことで悩み苦しむのかもしれない。

2　ゲーテの「ファウスト」に、人間はどんな幸せであっても当たり前に思ってしまうという台詞があったが、それはその通りかもしれない。おいしいものも、たまに食べるからおいしいのだろう。人間が極楽的なところへ行くのは、あるいは年に二、三回なのがいいのかもしれない。私にとっては温泉には極楽的なイメージがある。

3　太宰治は、弱虫は幸せさえ恐れると言ったが、私はそこまで小心ではない。でもものすごい幸せは結構恐ろしいかもしれない。人間にとっての本当の幸せとは、ものすごい幸せではなくて、静かで穏やかなものという感じがする。

木曜日

1　体調はやや悪い。集中力とかやる気が落ちている。それでも温泉で将棋が指せると思うとちょっと楽しくなる。

2　将棋でも強くなりたいという人と、楽しめればいいという二種類の人がいて、どちらでもいいと思う。私も猛勉強をしてまで強くなりたいとはあまり思わない。

3　数年前と比べると、かなり楽な感じがする。抗精神病薬がよく効いているのか、それとも体調が良くなってきたのか。わりあい規則正しい生活をしているのも、精神の健康には良いことだろう。

4　観念的なことで悩み苦しむのは無駄なのか。だが私には観念的なことに問題の核心があるような気がするのだ。観念的なこととは、主に宗教・哲学の問題だが。だが私の場合はあまり考えすぎない方がいいのかもしれない。

5　現在の私は平凡な日常生活に安住している感じがする。大抵の人間はそんなイメージだ。これが平凡な幸福というものかもしれない。死という怪物と正面から向き合うのは、まだ先のことのようだ。

6　孤独感とは何か。他人に温もりを求めているのか。人とつながっていたいのか。みんなに自分という人間を認めてもらいたいのか。孤独感とは一種の欲求不満ではないだろうか。孤独感とは決して満足することのない、一種の欲求不満のように思える。私が孤独感を感じて電話しているときには、あまり他人のことを考えないで話しているかもしれない。とにかく満たされなさを埋めようと思って。

雑録集

1　自分の心の中に、何とも表現しがたいような思いがある。誰でもそうなのかもしれない。とりあえず、自分の気持ちや思いを整理したい。だが、この思いをうまく文章化するのはなかなか大変ではある。自分が悩んでいる問題がはっきりしないような変な感じだ。だが自分の思いは、うまく会話では他人に伝えられないようだ。うまく文章化できれば、ある程度は伝わるかもしれない。

2　他人といくら話しても無駄のような感じがする。自分の問題は自分で解決するしかないようだ。だが何が問題なのか、自分でもはっきりしないのだ。

3　自分は要するに他人と自分を比較して、自分もそこそこの人間ではあると思いたいだけなのかもしれない。

4　他人に自分の気持ちをうまく伝えたいと思ったが、そんなものは誰でももっている心の中のさみしさやむなしさに過ぎないのかもしれない。

5　自分の思いや気持ちは、自分にとっては大問題なのだが、他人にはあまり関係のない問題なのかもしれない。妙な話だが、自分の求めているものは、単なる快楽や幸福ではないのかもしれない。考えれば考えるほど、自分の頭が混乱してくる感じだ。だが単に混乱しているだけでは話にならない。自分の気持ちや思いをうまく整理して、自分の問題をうまく解決したい。

6　自分は一体何に悩んでいるのか。多分、自分というものがはっきりしないことに悩んでいるのだろう。ソクラテスは汝自身を知れと言ったが、自分を知ることは難しい。ありのままに言えば、自分はニートで独身である。まあそんなことは大した問題ではないかもしれないが、自分が精神障害者であることは、結構大きな問題である。自分はもう五十四歳で、夢やロマンという年齢ではない。残ったものは自分が精神障害者であるというしらじらとした現実だけである。自分とは一体何者なのだろう。自分にはいろんな短所と長所がある。それらを寄せ集めたものが本当の自分なのだろうか。

7　等身大の自分を受け入れるしかない。現実を思い通りにしようとしてもなかなかそうはならない。仏教的に考えるなら、現実を無理に変える必要はないのである。

8　文章による表現というものも難しいと言えば難しい。自分自身の問題を正確に把握できなければならないから。

9　自分は悩んでいるのだが、自分の問題を正確に理解してくれる人間がいるのだろうか。

10　私は自分と他者という相対の地獄にいつ落ちてしまったのか。中学生あたりからか。

11　太宰治も他人が信用できるかどうかで、かなり悩んだのではないか。「走れメロス」などを読むと、そんなイメージを受ける。

12　他人を信用できるかどうかで悩んだが、基本的には社会は善意の人の方が多いのだろう。

13　私は基本的にはかなりのさみしがり屋だが、自分と他者は永久的に平行線で、他人を深く理解するのは難しいんじゃないかと思う。

14　私ももういい年なのに、他人に対する依存や期待をやめられない。

15　他人に依存したり期待したりするのは、要するに甘えだろう。

16　人生は全体的に見て、意味があると思うが、人生の意味は人に勝つことではないだろう。誰にだって人生の意味はあるのだから。

17　自分という人間は相当に偏った人間だとはわかっているのだが、自分ではどうしようもないところがある。自分という人間はある意味温室の植物みたいなものだ。それにしても他人というのは鏡みたいなものだ。他人は自分という人間を客観的に見るしかないので、他人と接していると、嫌でも自分を客観視せざるを得ない。他人と接することで、否応なく自分の偏りも自覚することができる。

18　自分の趣味は将棋であるが、変な話だが将棋をしない人に将棋の話をしまくってしまう。私は人と話したいという異常な衝動を感じることがよくある。私はある意味すごく子供っぽいのかもしれない。

19　統合失調症の病苦は辛い。うつ状態になって何もする気が起こらず、ただ、じーっとしているのは辛い。

20　自己否定の念は結構強い。私は長い生涯を通じて、ごく小さいことを達成しただけである。

21　私の心には孤独感がある。他人と話をしたいという強い欲望がある。私は電話魔になりやすい。心の中に空白があるのかもしれない。他人に期待しすぎるのかもしれない。会話のシンクロ率が高ければ、それなりに満足はできるが。しかし本当に他人と深い話をしたかったら、自分の言葉で話すしかないかもしれない。自分と他人の関係はどういう構造になっているのだろう。一つには自分の気にしている大問題と、他人の気にしている大問題が全然違っていたりするという問題はある。

22　てんぐにもならず、落ちこみもせず、現実をあるがままに受け入れて生きたい。

23　自分は思考能力がそんなに発達している訳ではなく、文才もなくて、とても論理的体系的に首尾一貫した思考もできないのだが、それでも文章を書くことによって自分の問題を整理できるし、問題の解決の糸口くらいは見つかるかもしれない。

24　自分の主要問題は、知的な問題もあるが、私は何といっても楽と幸福が大好きな人間で、知的な問題よりも感情的な問題がメインテーマである。私は要するに、毎日青空のような気分で生きたいのである。私には統合失調症という持病があって、体調が悪いときにはかなり辛いのだが、薬物で楽になるだけではなくて、考え方を変えて楽になりたい。幸せを求めるのは当然の権利であって、苦痛はなるべく避けて生きたい。

25

私の思考は常に断片的であって、カントのように論理的に首尾一貫して書くことなんてできないのであるが、本音をそのまま書くには断片的スタイルの方が向いているのかもしれない。ニーチェも体系的な思想家は信用できないと言っている。

26

コリン・ウィルソンは、文学には哲学にはない固有の可能性があると言っているが、文学の可能性とは、自分の表現しがたい思いや気持ちや特に感情を何とか表現しようとするところにあるのではないか。人間の内面というものは、非常に表現しにくいもので、それをあえて表現しようとするのが文学の可能性ではないのか。

27

自分の心の中には、さまざまな思いがある。できれば文章をうまく書くことによって、うまくまとめて整理したいところだ。自分の心の中に根強く残っているものは、自分の中のイメージや理想や観念や幻想である。どの言葉を使っても意味はだいたい似たようなものだろう。ロマンのようなものだ。一般的に理想と現実のギャップなどとよく言うが、理想というものはわかるような気がする。だがよくわからないのが「現実」だ。世間的に特別で立派な存在だと評価されれば、理想と「現実」は一致するのか。だが現実というものは、元来かなり個人的なものかもしれない。ニーチェは客観というものはなく、個々の主観がいろいろに現実という「カオス」を解釈しているだけだと言っている。またニーチェには遠近法という考え方がある。自分にとって近くにある問題は大問題に思え、遠くにある問題は小問題に思えるという考え方である。この個人によって違う大問題が、その人なりきの現実なのだといった風にも思える。

28

とりあえず今現在の自分には大問題はない。私は人生を甘く見すぎているのかもしれないが、どうしても現状維持を選んでしまう。思想や観念に凝《こ》っていても特に進歩はないだろうが、私はなまの体験というものがかなり苦手ではある。それでも等身大の自分がだんだんと見えてきたという点で、少しは進歩したか。さすがにこの年（五十四歳）にもなると、夢やロマンや自分のイメージといった感じではない。現実に覚醒することとイコール労働でもないとは思うが。

29

私は自分の考えや判断で生きてきたつもりだが自分の考えや判断に自信がなくなってきた。私は決定的に「現実」が見えていない人間なのか。それでも結局のところ、自分の考えや判断で生きるしかないだろう。私には「現実」が見えていないのは、経済的に余裕があるせいか。これでは本当に統合失調症患者の手記である。だが「現実」とは何か。経済的必要に迫られて否応なしに仕事すると、「現実」が見えてくるのか。どうも「現実」イコール労働とはとても思えないが。

30

現在の私には結構厳しい精神的苦痛がある。これは何によるのか。精神的に疲れているためか、持病の統合失調症のためか。でももし精神的苦痛がなかったとしたら、精神的苦痛がないことの有り難さにも気がつかなかっただろう。だが耐え忍ぶのは苦しい。抗精神病薬を飲んでみたが、効くかどうかはわからない。そんなときタバコを吸ってみると、ちょっとだけ楽になる。

31

文章を書くという作業には、それなりの意味があると私は思う。極端な話、思いつきをメモするだけでも少しは価値があるはずだ。自分の思考や感情を整理する作業には、それなりの意味があるだろう。基本的には個人的な意味だけかもしれないが。では、私という人間の主要な問題とは何か。そのことは範囲が広い。具体的・現実的な問題から、抽象的・観念的な問題まで、さらには宗教的・実存的な問題まであるだろう。とりあえず自分の気になっている問題から書いていくことにしよう。主要な問題は二つある。自分と他人の関係とか、それがどういう構造になっているのかという問題が一つであり、もう一つは自分とは何かという問題である。私の直観では、自分と他人との関係とか、その構造がどういう風になっているのかということが明確にできれば、自分とは何かという問題の答えも、おのずから明らかになるような気がする。その問題のうちの一つは、社会的な承認要求という問題である。私たちは子供の頃から相対的な優劣比較の世界で生きてきたのである。自分のイメージでは、人間というものは基本的に自分を認めてもらいたがっていて、他人はなるべく認めたくないような感じがする。ヘーゲルの「精神現象学」でも、承認をめぐる命がけの闘いという議論がある。かなり極端な話というイメージもあるが、人間というものは自分を認めさせ、他人を認めないためには殺し合いまでやるという議論である。だが自分は自分であり、他人は他人であるという考え方も立派な考え方である。私もそういうタイプの人間であるかもしれないが、承認という問題にとことんこだわるような人間もいるのだろう。だが自分と他人との関係という問題は、承認という問題だけではない。他人に期待したり依存したりする心理もある。これは主に感情面の問題だろう。全然他人に依存も期待もしない人間もいるので、一般論とはならないが。

32

よくよく考えてみると、自分の精神問題の最終的解決などあり得ないような気がする。だがそれを求めているのも確かなことだ。人間として悩み苦しむのは当たり前と言えば当たり前だが、それでは困るというのも本心である。

33 イメージと現実のギャップが苦しいなら、イメージの方を解体してしまえばいいのである。だが自己イメージとは何か。能力とか性格を、並べたてて数えたものか。

34 イメージをもつことは、未来志向的に生きることである。人間は、なるべくイメージを解体して、現在志向的に生きた方がいいのである。だが文章を書くことには未来志向的な印象がある。そういう点では自分は矛盾しているような気がするが、そもそも人間というものは、矛盾した生き物なのかもしれない。確かに私も文章を書くことで未来志向的になっていた時期もあった。だが文章だけではなくいろいろなジャンルに言えることだと思うが、人間というものは現在志向的に生きた方が楽ではないだろうか。

イメージと現実のギャップに一生悩むくらいなら、イメージをなるべく解体してしまった方がいい。難しいのは、人によってイメージも現実も全然違っていたりすることだ。

35　経済的にたいした不安もなく、低ストレス状態で、好きなことをしてのうのうと私は生きてはいるが。生きてはいるのだが。

36　この統合失調症という病気にどれだけいじめられたか、表現する言葉もないくらいである。

37　私が本当に悩んでいる問題は何なのか。死の問題に異常に悩んでいるように思っていたが、本当の主要問題はあるいは労働の問題なのか。自分でも自分の深い心理というものはなかなかわからないようだ。労働の問題がなくても、社会的な次元の問題というものはある。私と他人の関係が主要問題なのか。生きている限り、どうしても悩み苦しみはあるようだ。私の場合は、額に冷汗を流しているような深刻な苦悩はなくなったが。

38　私の心の底の底にある悩みをうまく表現するのは大変難しい。何かグジグジしたものだ。人間なら誰でも持っているようなものかもしれないが。「ネガティブシンキング」とか「不安」とか言えば、わかったような感じがするかもしれないが、私の悩みは相当根が深いものだ。それをうまく表現できたとしても、共感は得られるかもしれないが、悩みそれ自体は解決しないだろう。だが文章でうまく表現して、誰かに理解してもらえたら、少しは気持ちが楽になるかもしれない。

39　人生に特別の意味なんていらないだろう。普通に当たり前に暮らして一生を送ればいいだけの話だ。

40　平凡な人生のありがたみが、なかなか私にはわからなかったが、最近少しわかってきたような気がする。

41　苦悩の全くない人生なんてありえないが、それでも心の光みたいなものをどうしても求めてしまう。暗い感じのする人生だが、どこかに救済の光が射してこないだろうか。だが人生を暗いと感じるか明るいと感じるかは、人によって異なるようだ。

42　不安の苦しみがわからなければ、安心のありがたみもわからないだろう。

43　今日はネガティブシンキングをあまり感じない。あるがままの現実をあるがままに肯定できたら、ネガティブシンキングの必要はない。ネガティブシンキングになりがちなのは、家の中でひきこもっているときが多い。外に出て他者と会えば、気分転換になる。

44　自分の内なる思いを、上手に表現することは難しい。たとえば「孤独」や「不安」や「絶望」を感じると書いても、ほとんど何も伝えられないだろう。小説家なら、他の言葉を使って上手に表現するだろう。私は小説家ではないが、何とか上手に言葉を使って、内なる思いや感情を表現してみたい。

45　私が孤独感が強いのは事実である。だから私は電話魔になってしまうのである。だが他者とのコミュニケーションは無駄ではない。教えられることも多いし。他者となるべく実のある話をしてみたい。

46　地域活動支援センターに電話をすると、よく休め休めと言われる。この言い方をされると、私は若干、抵抗感を感じる。私は努力して何かを達成したいのである。だが統合失調症の調子の波には勝てない。

47　生きる悩み苦しみというものは、生きている以上なくならないもののようだ。この結構残酷な人生のどこかに、慰めを見いだしたいのだが。私は今日はかなり深刻な感じがする。だが一般の人はそれほど人生を深刻なものと感じないようにも見える。私は確かに余計なことを考えすぎるのかもしれない。心を満たす光のようなものが、宗教で得られるという発想自体が幻想的なのかもしれない。

48　悩みには永遠の悩みと現在の悩みとがある。永遠の悩みとは、宗教的・哲学的なもので、死とは何かとか、生きる意味とは何かといったものである。現在の悩みとは、金をどうやって得るかとか、どうやって生計を立てていくかといったものである。私の場合は、現在の悩みはあまりない。とりあえず不労所得で生活できるからである。永遠の悩みの答えは、おそらく言語を超えているだろう。哲学者のウィトゲンシュタインは、人生の意味とは語りえないものではないかと言った。だが私には永遠の悩みの答えは全くわからない。

49　今日は現実というものがかなりひどいという印象が強い。

50　真理への到達の道として、理知の道と、信仰の道と修行の道の三つがある。宗教家は、理知の道を軽視する傾向があるようだ。

51　自分が死ぬと思うと、ものすごく怖いのは事実である。やはり私は、自分の肉体を一番信用しているのである。

52　ときどき精神的に不安定になるのだが、このことは永遠の悩みとどういう関係があるのか。単なる統合失調症の症状か。しつこい不安とうつを感じるのだが。自分の悩みをうまく言語化するのは、本当に難しい。

53　余計なことを考えずに、シンプルに生きるためにはどうすべきか。こんなことを考えても、どうしても悩んでしまうのだが。

54　考えてみれば十代の頃から、四十年近くネガティブシンキングに悩んでいたことになる。

55　じとっとした悩み苦しみを感じる。非常に辛いという訳でもない。ただ私の直面している現実がどこか残酷に感じられるのは確かだ。この漠然とした不快感の実体は何か。しかし現実は現実である。どんなに理不尽でも、現実は現実なのである。この嫌らしい現実を、矛盾なしで受け入れることができるだろうか。だが、それが多分私の望んでいることなのだろう。この嫌らしい現実が、何とかして調和のある現実に変わってほしいのである。

56　キリスト教とは待つことだと言った神学者がいたが、キリスト教に限らず、この忍耐の世界で生きる人間は、みんなじっと何かを待っているのだろう。

57　出口がない。逃げ道がない。ものすごく辛い訳ではないが、何かしんどい。だが大抵の人間はグチも言わずにじっと現実に耐えているように思える。現実というものに対しては、耐えるしかないのだろう。私も、大多数の人間も、キリスト教神学者の言うように、じっと何かを待っているのだろう。もっともそんなものは、いくら待っても来ないかもしれないが。

58 人間の生の条件というものは、人によって極端に異なるから、人によって直面している現実は、多分全然違うのだろう。だがこの現実が居心地がいいという人はあまりいないのではないか。

59 今の私に必要なものは、落ち着きと、冷静な判断力である。現実と自分自身を客観的に見て、正確に判断しなくてはならない。主要な問題は宗教問題であるが。

60 自分の精神的危機は、自分で乗り越えるしかないようだ。古典を参考にしながら。精神的危機だけは、精神科医でもどうしようもないようだ。だが何をどう信じて、どう生きたら良いのやら。

61　死んでいくときには人間はひとりきりというのは確実だろうが、そういう現実を直視する勇気は私にはない。とにかく他人に頼りたがる。

62　生きるということそれ自体が、大問題と言えば大問題である。この問題は単なる知的アプローチだけでは、解けない問題のようである。要するに私は、悩み苦しみが辛いから、そこから逃げたいだけなのだ。

63　もうさすがに五十四歳になったら、等身大の自分を直視すべきだろう。現実的に無能力であり、特別な才能など何もない自分自身に。それでも世間の人は案外優しくて、自分にも少しはいい面もあると言ってくれる。まあこういったことは世間の物差しの問題なのだが。でもさすがに、子供っぽいプライドは捨てた方がいい。

64　今日は夕方までひたすら悩み苦しんでいたが、電話で孤独感をまぎらわせずにいられず、自分は相当に情けない人間ではないかと感じた。そうではないと、優しい言葉をかけてくれる人もいたが。

65　人に絶対に迷惑をかけないで生きるというのもかなり難しいのではないか。悪気はなくても人を傷つけてしまう場合もあるし、とかくこの世はトラブルがつきものである。

66　年をとったら、人生なんて成るようにしかならないと達観するしかないだろう。どうしようもないことは、どうしようもないのだ。

67　私の神経衰弱状態を、他人に理解してもらうのは難しいようだ。確かに人の気分というものは、曇り空や雨空が多く、青空みたいにすっきりしているのはまれかもしれないが、私の神経衰弱状態というものはあると思える。だが神経衰弱状態といっても、単に気分がすぐれず、物事に集中できないだけで、そんなに深刻な問題という訳でもない。あるいは私はちょっとした苦痛に音を上げる子供のような性格なのかもしれないが。

●著者プロフィール

宮 下 裕 司（みやした　ゆうじ）

法政大学を卒業後、コンピュータ会社に就職するが、
体調不良のために退社。
趣味は将棋とピアノ。
現在は共同作業所と自宅を往復する毎日を送る。

重力を超えて光の中へ

2019年12月28日　第1刷発行

著　者　宮下　裕司
発行者　木戸ひろし
発行元　ほおずき書籍株式会社
〒381-0012　長野県長野市柳原 2133-5
☎ 026-244-0235
www.hoozuki.co.jp
発売元　株式会社星雲社（共同出版社・流通責任出版社）
〒112-0005　東京都文京区水道 1-3-30
☎ 03-3868-3275

ISBN978-4-434-26996-7